La Terre entre les Lignes

Ludovic Purson

La Terre entre les Lignes

Roman

Chapitre 1 – La carte et le territoire

Février 1833.

Le jour s'effilochait dans un brouillard persistant quand Augustin Mourot, jeune ingénieur-géomètre de 1re classe envoyé par l'administration impériale, aperçut pour la première fois les toits de tuiles brunes des Marats, accrochés en contrebas de la route de Bar-le-Duc à Verdun. Sa carriole cahotait sur les ornières gelées, et déjà, en scrutant la ligne fuyante des haies et des pommiers noueux, il pressentait que ce petit village perdu au fond de la vallée de la Chée ne se laisserait pas aisément réduire à une carte.

Le ciel était bas, la terre lourde. Le cocher, un homme sec au large chapeau, ne parlait plus depuis deux lieues. Il avait simplement levé un doigt ganté de laine en direction du nord-est :

— « Là. Marats. Marat-la-Grande. L'autre, c'est plus loin. »

Augustin acquiesça, sans comprendre. Un seul village, deux noms ?

Au tournant d'un chemin creux, les premières maisons se dévoilèrent — basses, massives, enduites de chaux grise, parfois de torchis craquelé, les encadrements de pierre saillant comme une ossature d'un autre âge. La rivière de la Chée, qui prenait sa source juste en amont du village, serpentait depuis le fond de la vallée, coulait lentement au centre du vallon, paresseuse, ses rives épaisses de saules et de glaise. Elle semblait s'être frayé un chemin non seulement à travers la terre, mais dans la mémoire des hommes, tant elle imposait sa présence, sa logique, son rythme.

Le hameau s'étirait de part et d'autre du cours d'eau, relié par un vieux pont de pierre bosselée. Augustin descendit de voiture devant l'auberge signalée dans sa lettre de mission. Une enseigne peinte au vent : *À la Source claire.*

L'auberge était une bâtisse trapue à deux étages, couverte d'un toit de tuiles romanes, dont les bords étaient colonisés par la mousse. Des volets rouge délavé pendaient de guingois, et une vigne vierge, encore nue en cette saison, s'accrochait à la façade. L'intérieur sentait le feu de bois, le cuir mouillé et la soupe chaude. Une clochette tinta lorsque la porte s'ouvrit, réveillant un chien qui somnolait près de l'âtre.

Le patron, Nicolas Feuillet, était un homme large d'épaules, à la barbe grise taillée court, l'œil vif sous des sourcils broussailleux. Il portait un gilet de drap gris, boutonné jusqu'au cou, laissait deviner une chemise grossière mais fraîchement lavée, et parlait d'une voix lente, en pesant ses mots. Sans trop de curiosité mais avec un sens de l'accueil rustique, il indiqua à Augustin sa chambre : une soupente au dernier étage, modeste mais bien tenue.

Les murs étaient blanchis à la chaux, et un tapis râpé couvrait le plancher disjoint. Une lucarne ouvrait sur le jardin en friche, où pointait un vieux pigeonnier effondré. À l'intérieur, monsieur Feuillet avait pris soin d'installer une table solide près de la fenêtre,

« pour les écritures », avait-il dit. Augustin y déposa son sac de cuir, lourd de papiers, de calques, de carnets, d'instruments.

Il arrangea rapidement son espace :

Une planche à dessin en bois d'orme, inclinée, soutenue par des tréteaux. Un porte-crayon, une boîte de plumes, encre de Chine, compas, règle graduée, rapporteur d'arpenteur, niveau à eau, planchette à pinces, et son indispensable équerre prismatique. Il sortit aussi sa chaîne d'arpenteur, soigneusement enroulée dans son étui de cuir. Le tout formait un atelier portatif, presque un cabinet de géomètre itinérant.

La tâche qu'il entreprenait s'inscrivait dans un projet national de grande ampleur. Le cadastre napoléonien, initié par Napoléon Ier par la loi du 15 septembre 1807, répondait à une ambition claire : instaurer une base fiscale stable, équitable, et fondée sur la réalité concrète des terres cultivées. Pour cela, chaque commune devait être cartographiée, chaque parcelle identifiée, mesurée, nommée, et rattachée à son propriétaire.

L'objectif ? Remplacer l'impôt arbitraire par une taxe fondée sur la valeur réelle du sol. Rationaliser. Uniformiser. Classer la France à la toise.

Derrière cette volonté technique se profilait une vision politique : mettre fin aux privilèges anciens, renforcer le contrôle de l'État sur les territoires, et surtout, stabiliser un pays encore secoué par les remous de la Révolution et les transformations profondes de la société rurale.

Augustin, formé à Paris, s'était entraîné des mois à manier la règle, la planchette et l'équerre. Il avait étudié les techniques de triangulation, les points de repère, les bornes cadastrales. Mais rien dans ses manuels ne l'avait préparé à l'étrangeté de ce village double.

Marat-la-Grande et Marat-la-Petite. Deux noyaux d'habitations reliés par un chemin sinueux, presque parallèle à la rivière, entrecoupé de ponts rustiques, de gués anciens, de passerelles de fortune. Entre les deux, des prairies inondables, des bois de frênes et de charmes, des vergers, des champs de blé, d'avoine ou de seigle, parfois ponctués de petites vignes sur les pentes. Ici, le paysage n'était pas régulier. Il semblait avoir été dessiné par le temps plus que par l'homme.

L'auberge résonnait des bruits feutrés du village : le choc des sabots sur le dallage, une toux discrète, le raclement d'une chaise. Quelques habitués parlaient à voix basse, une chopine de cidre à la main. Feuillet, debout derrière le comptoir, nettoyait ses verres avec méthode. Sa femme, que tous nommaient « la mère Feuillet », allait et venait en silence, les épaules couvertes d'un fichu de coton soigneusement croisé sur la poitrine. Une robe usée aux ourlets, moulait sa carrure robuste, et un tablier rayé, noué haut sur son ventre, portait les traces des fourneaux. Elle portait ses cheveux tirés en chignon sous une coiffe de toile blanche, simple mais toujours propre. Le regard vif sous les paupières plissées, elle veillait à tout d'un œil exercé, sans jamais élever la voix.

Le soir même, installé dans la salle commune, devant un feu de cheminée et une soupe fumante de pois et de lard, Augustin relut les instructions officielles. Il était là pour « procéder à l'arpentage et au levé du cadastre parcellaire selon les normes du décret impérial, dans l'intérêt de l'homogénéisation fiscale et foncière du territoire de la commune des Marats ».

Au petit matin, alors que la brume collait encore aux pierres et aux toits, Augustin se mit en marche, carnet sous le bras, compas dans la poche. Il traversa la rue Basse, longue artère centrale bordée de maisons étroites, accolées les unes aux autres comme pour se tenir chaud. Les caves s'ouvraient à fleur de sol, protégées par des portes de bois passé par les années. Certaines portaient encore les initiales gravées d'ancêtres oubliés. L'odeur y était âcre : vin, terre, humidité, bêtes.

Il croisa un vieil homme poussant une brouette remplie de fagots. Celui-ci le regarda avec une méfiance polie. Augustin salua, l'homme grogna un nom qu'il ne comprit pas.

Un peu plus loin, un groupe de femmes, jupons relevés, lavaient du linge dans un lavoir de pierre à ciel ouvert. Elles parlaient bas, en patois, le visage baigné de vapeur dans le froid du matin. Augustin s'arrêta, fasciné par la cadence lente et précise de leurs gestes, rythmée par l'eau qui rejaillissait sur la pierre. Une petite fille le fixa longuement, le doigt dans la bouche, sans dire un mot. L'ingénieur nota déjà dans sa tête : rue Basse – lavoir – trois arches – bassin à demi effondré côté sud – sans couverture, exposé aux saisons.

Ce qu'il voyait n'était pas seulement un village, c'était une structure organique. Une charpente de relations, de savoirs anciens, de chemins secrets. Les haies ne séparaient pas les propriétés : elles filtraient les vents, abritaient les oiseaux, protégeaient les cultures. Les chemins n'étaient pas droits, mais suivaient la logique de la pente, des sources, des passages de bétail.

Il gravit la côte de l'église par le petit chemin. Rude montée entre deux murs de pierre sèche. Là-haut, l'église Saint-Médard dominait la vallée comme une sentinelle. Sur son flanc nord, tourné vers le village, s'ouvrait un petit portail discret mais singulier. De style ionique, il se distinguait par la sobriété élégante de ses colonnes cannelées et par trois niches en forme de conques sculptées au XVIe siècle. Dans la lumière pâle du matin, la croix au sommet paraissait penchée, comme fatiguée. Un cimetière ancien encerclait le bâtiment, les pierres tombales inclinées, envahies de mousse.

Du haut du promontoire, Augustin aperçut pour la première fois toute la vallée. La Chée y traçait une arabesque lente. De chaque côté, les terres ondulaient doucement. Bois au nord. Cultures au sud. Un damier irrégulier, tissé d'histoires muettes.

Ce jour-là, il ne traça rien. Il regarda. Écouta. Tenta de deviner ce que la terre cachait. Il comprit alors que le cadastre qu'il venait dresser ne serait pas seulement une œuvre de mesures. Mais un affront, peut-être. Ou un hommage, s'il savait bien faire.

Il lui faudrait un guide. Un homme de la terre, pas un bavard, mais un passeur.

On lui parla de Jean.

Chapitre 2 – Celui qui marche droit

C'était un matin gris et froid, de ceux où la vallée semble hésiter entre hiver et printemps. La brume stagnait au ras du sol comme une laine sale, et la Chée charroyait lentement des reflets de plomb entre ses berges boueuses. Augustin, encore engourdi de la nuit passée sous les combles de l'auberge, suivait les indications données par le patron :

— « Descendez la rue Basse. Au bout, une maison aux volets bleu passé. C'est là que vit Jean. »

Rue Basse. Un nom simple, mais plein. Une rue en arc de cercle, bordée de bâtisses robustes, aux murs enduits d'un mélange de terre et de chaux. Certaines portaient les cicatrices du temps : linteaux fendus, poutres noircies, pierres descellées. Ici et là, des portes basses de grange laissaient entrevoir des empilements de bois, des outils suspendus, des sacs de grain.

Jean habitait au fond, là où la rue semblait se fondre dans les prés. Sa maison était à l'image de ce que l'on avait dit de lui : droite, solide, silencieuse. Une longue bâtisse orientée plein sud, avec une cour encadrée de murets de pierre sèche. Le toit, épais et bas, croulait sous le poids des tuiles anciennes, rouges et irrégulières. Une étable attenante exhalait une chaleur animale : on entendait le raclement sourd d'un sabot, le souffle profond d'un bœuf ou d'une vache au râtelier. Une poulie grinçait doucement au-dessus d'un puits, et dans un appentis ouvert, une charrette à demi démontée reposait sous une bâche trouée.

Autour, tout respirait le travail de la terre : une brouette renversée, un tas de fumier soigneusement tenu, des râteaux aux dents émoussées, un pressoir en bois durci par les années, et plus loin, à flanc de coteau, quelques rangées de vigne taillées court, marquées de piquets grossiers. C'était une ferme sans apparat, mais d'une fonctionnalité méticuleuse, où chaque chose avait sa place, et chaque outil portait l'usure des gestes répétés.

Augustin frappa trois fois. Pas de réponse. Il hésita, leva la main une quatrième fois, mais la porte s'ouvrit brusquement, comme si l'homme attendait depuis longtemps de l'autre côté.

Jean était là. Un homme dans sa quarantaine, large d'épaules, vêtu d'une chemise de lin grossier, les bras encore couverts de paille. Il avait les traits burinés, la barbe courte et poivre et sel, les yeux d'un gris mat, comme les pierres de la Chée. Il dévisagea Augustin sans un mot.

— « Bonjour… Vous devez être Jean. Je suis Augustin Mourot, géomètre envoyé par l'administration. J'ai besoin d'un guide pour parcourir la commune. On m'a dit que vous… »

L'homme leva une main calleuse.

— « J'vous aide pas si vous marchez comme un Parisien. »

Augustin resta un instant interdit. Il ouvrit la bouche, la referma, puis se força à sourire.

— « Je peux apprendre à marcher autrement, alors. »

Un silence. Puis un rictus imperceptible plissa le coin de la bouche de Jean. Il s'écarta légèrement de la porte.

— « Entrez. J'vous montre. »

L'intérieur était sombre mais propre. Une grande cheminée occupait le mur du fond, où le feu couvait encore sous la cendre. Une table massive trônait au centre, encombrée de ferrailles, de cordages, de bouts de cuir et d'un cahier déchiré. Sur un banc, un vieux chien dormait, la tête posée sur ses pattes. Une odeur de suie, de foin, de chèvre et de pain rassis flottait dans l'air.

Ici, pas de fioritures. L'espace parlait le langage du paysan : celui qui vit avec la terre, non contre elle. Dans un coin, un tablier de cuir pendait à un clou, couvert de taches noires. Contre le mur, un râtelier de faux, affûtées à la pierre, et une paire de sabots remplis de paille. Au sol, de la paille éparse, des grains tombés d'un sac, une pelle en fer battu. Le moindre objet respirait l'effort, la patience, la répétition.

Jean servit deux bols de chicorée fumante sans demander. Il s'assit, observa Augustin boire.

— « Vous savez ce que vous faites ? » demanda-t-il.

— « J'ai étudié la topographie, l'arpentage, les méthodes de levé. »

— « Pas ce que j'vous demande. Vous savez ce que vous faites ici. Dans ce village. »

Augustin resta un instant pensif. Il avait cru savoir. L'administration lui avait donné des cartes vierges, des consignes, une mission. Mais depuis qu'il avait foulé cette terre, les certitudes s'étaient effacées une à une.

— « Pas encore, » répondit-il simplement.

Jean hocha la tête.

— « Alors on verra. »

Il se leva, attrapa une capote de drap épais, râpeuse au toucher, et un bâton noueux.

— « J'vous emmène aux hauteurs. C'est là qu'on voit si un homme tient le pas. »

Ils sortirent ensemble. Le chien trottinait derrière. La rue Basse s'ouvrait devant eux comme une veine de terre vivante. Les premières montées étaient raides. Jean marchait sans se retourner. Augustin le suivait, les jambes tendues, le souffle court.

Les vignes apparaissaient par plaques irrégulières, aux ceps noueux, adossés à la pente. La terre ici avait un grain ocre, caillouteux. Le vent portait une odeur mêlée de bois brûlé et d'humus.

Jean finit par s'arrêter. Ils dominaient maintenant les toits épars de Marat-la-Grande. En contrebas, la Chée, qui prenait sa source en amont du village, luisait comme un fil d'argent tordu. Plus loin, la ligne de crête marquait l'horizon.

— « Voilà, » dit Jean. « Là, c'est la terre. Pas vos papiers. »

Il pointa du doigt.

— « Là, c'est la Vignotte. Et plus loin, la côte Huat. Chaque nom, c'est une histoire. Chaque sillon, un dos penché. »

Augustin, le souffle court, nota mentalement les noms.

— « Vous m'apprendrez ? »

Jean le regarda longuement, puis acquiesça.

— « Je vous apprendrai. Mais c'est la terre qui vous jugera. »

Chapitre 3 – Le coeur de la vallée

Le lendemain matin, la brume s'était levée plus vite. Une lumière d'ambre pâle baignait les toits des Marats. Les cheminées fumaient déjà, laissant dans l'air une traînée grasse de bois vert et de tourbe. Augustin attendait Jean au bout de la rue Basse, carnet à la main, bottes encore propres, l'équerre en bandoulière. Il savait que la journée serait longue — et, il l'espérait, dense.

Jean arriva sans hâte, comme s'il sortait d'un autre siècle. Il avait attaché un sac de toile au bât de son cheval, une bête massive, d'un bai foncé, les naseaux déjà humides de rosée. Le chien trottinait autour, en terrain connu.

— On commence par la côte. Faut voir de haut avant d'aller dans les creux.

Ils empruntèrent un sentier étroit qui quittait le village à l'est, montant doucement entre les buissons. C'était l'un de ces vieux chemins qu'on devinait plus qu'on ne voyait, bordé de haies vives faites d'aubépines, de prunelliers, de noisetiers tordus. Des oiseaux en surgissaient parfois, en éclats brefs. Le sol était irrégulier, creusé par les pas des bêtes et les roues oubliées.

La pente se fit plus rude. À leur droite, les premières rangées de vigne apparaissaient, plantées en travers de la colline. Ce n'étaient pas les grandes exploitations des plaines de la Marne, mais des morceaux modestes, hérités, partagés, parfois négligés. Les ceps, courts et trapus, semblaient lutter contre le vent, plantés sur un sol pierreux et maigre. Jean les désigna de son bâton :

— Ici, c'est la Vigne l'Escuyer. C'était pour un ancien soldat revenu de l'armée, qu'on appelait "l'écuyer" par dérision. Il aimait les coteaux. Sa vigne regarde le soleil comme une bête chaude.

Il fit une pause, caressant la terre du bout du pied.

— Plus loin, derrière les haies, tu verras la Côte à Rougeat. Pas pour un bonhomme, hein. C'est pour les raisins. Pinot noir. On dit qu'à maturité, les grains prennent une teinte rouge foncé qui accroche la lumière comme une flamme. On voit la couleur de loin. Ça donne un vin qui pique un peu, mais franc. Pas menteur.

Augustin notait, fasciné par cette cartographie orale. Il ne relevait pas encore les angles ni les pentes ; il cherchait les histoires derrière les mots.

Ils poursuivirent, contournant un bosquet de taillis. Plus bas, la vallée s'ouvrait lentement, dans une sorte de silence large. Là s'étendaient les prairies de la Chée : un damier vert, gorgé d'eau, où des joncs poussaient par nappes, et où l'herbe changeait de ton selon les méandres du ruisseau. Le sol tremblait presque sous leurs pas.

— La rivière nourrit et ruine, dit Jean. Elle fait les foins gras et les pieds pourris. Faut la craindre autant que l'aimer.

Ils traversèrent une planche de bois disjointe jetée au-dessus d'un méandre de la Chée. Augustin s'arrêta, le regard attiré par le miroitement trouble de l'eau.

— On dit que c'est le sang de la vallée, non ?

Jean haussa les épaules.

— C'est comme les veines d'un corps. Quand ça gonfle, tout bat plus vite. Quand ça manque, tout s'éteint.

Plus loin, ils gagnèrent des terres en plateaux, au sol plus sec. Des cultures s'y éparpillaient : sainfoin, avoine, seigle. Les champs étaient petits, parfois cernés de murets en pierres sèches ou de haies serrées. Jean montra du doigt :

— Là-bas, c'est le Champ Moré. Et plus loin, le Bois de Bleu.

Augustin fronça les sourcils.

— D'où vient ce nom ? Bleu… pour la couleur ?

Jean eut un rictus, sans moquerie.

— C'est vieux, ça. Trop vieux pour qu'on en soit sûr. Mais les anciens disaient que c'était un bois qu'on évitait, la nuit venue. Le sol y est plus sombre, toujours un peu froid, même en plein été. Et quand les orages tournaient, c'est là qu'ils craquaient les premiers.

Il s'interrompit, comme s'il hésitait à continuer, puis reprit :

— On racontait qu'autrefois, bien avant que les églises soient construites, les gens d'ici allumaient des feux sur la crête, dans ce bois. Des feux pour appeler la pluie ou la détourner, pour les moissons, les bêtes. Le "bleu", ça viendrait des flammes qui montaient très haut, bleues, paraît-il, à cause d'une herbe qu'ils brûlaient, ou de pierres étranges qu'ils plaçaient dans le foyer.

Jean haussa les épaules.

— Y a plus personne pour le dire vrai. Mais même les bûcherons n'y vont qu'à reculons. Et jamais seuls.

Augustin nota silencieusement. Ce n'était pas un bois sur la carte. C'était une mémoire vivante. Une frontière entre l'oubli et la croyance.

Ils marchèrent encore, s'enfonçant dans des chemins creux, ces couloirs d'argile roussâtre, entaillés dans la terre par les siècles de passages. Les ornières s'y mêlaient aux racines. Au-dessus, les branches s'entrelassaient, formant une voûte naturelle où la lumière devenait tamisée, presque sacrée.

Jean s'arrêta devant un arbre immense, à demi mort.

— Celui-là, on l'appelle le Chêne du Curé. Il marquait la fin des possessions de la paroisse. Paraît qu'un curé y avait enterré des papiers à la Révolution. Jamais retrouvés.

Augustin s'approcha du tronc fendu. Il posa la main sur l'écorce rugueuse. Elle vibrait d'une histoire qu'il ne connaissait pas encore.

— Tu vas voir, dit Jean. Plus tu marches ici, moins tu vois la terre comme des parcelles. C'est pas une surface. C'est un palimpseste.

Augustin sourit. Le mot était rare dans la bouche d'un paysan. Il le nota.

En fin de matinée, ils redescendirent lentement vers les prés. Le soleil, maintenant haut, faisait scintiller les flaques d'eau dans les ornières. Jean s'agenouilla un instant, ramassa un morceau de terre, l'émietta entre ses doigts.

— Tu veux connaître un pays ? Commence par sa boue. Elle ment jamais.

Augustin acquiesça en silence. Il sentit pour la première fois qu'il ne dressait pas un plan, mais qu'il entrait dans une mémoire. Il comprit que le territoire qu'il avait devant lui ne se mesurerait pas seulement en toises et en degrés.

Ce soir-là, dans sa chambre sous les combles de l'auberge, il déroula ses feuilles de papier. La pièce était basse de plafond, avec des poutres qui penchaient légèrement vers l'est, comme si le toit tout entier voulait regarder la rivière. Le lit, de fer forgé, grinçait à chaque mouvement. Une commode ancienne, bancale, portait encore les marques d'un fer chauffant. L'air y était humide, malgré le feu allumé plus tôt.

Il s'assit à la petite table penchée, caressa le grain du papier. Mais il n'écrivit rien. Il ferma les yeux. Et se remémora la Côte à Rougeat, la Vigne l'Escuyer, le bois de Bleu, et le vieux chêne du Curé.

Il lui semblait déjà entendre les contours invisibles du pays.

Chapitre 4 – L'héritage des noms

Le jour s'était levé dans une lumière dorée, douce et oblique, propre aux matins d'entre-saisons. Il avait plu dans la nuit. Le sol était encore gras, imbibé, et chaque pas d'Augustin s'accompagnait d'un bruit d'aspiration molle. Jean marchait devant, droit comme un menhir, son bâton dans une main, les brides de son cheval dans l'autre.

Ils prenaient cette fois un sentier de traverse, en direction du nord-ouest du village. Une voie de terre creusée dans la glaise, bordée de talus d'où s'échappaient des touffes d'orties et de jeunes frênes. Le chemin menait à une bande de coteaux bien exposés au soleil, que l'on appelait ici la côte des Rois.

— C'est pas une vraie côte à vin, prévint Jean. Elle est trop rude à travailler. Mais ceux qui y avaient terre autrefois tenaient à leur nom.

Ils s'arrêtèrent au bord d'une parcelle à l'abandon, où des pieds de vigne s'entremêlaient aux ronces. Quelques ceps tenaient encore, comme des survivants noueux, accrochés à la pente pierreuse.

— On l'appelle comme ça depuis longtemps. Mais y'a une histoire qu'on m'a racontée, pas des fables pour enfants. En 1285, Margueron de Beauzé — un seigneur local — a cédé ses terres de Marats à Thibaud II, le comte de Bar. En échange, il a récupéré des droits sur Souilly, et le droit de taxer le blé à Saint-André. Ce bout de côte faisait partie de l'échange. Et comme Thibaud était "comte de Bar", on disait que cette terre était "du roi". Le nom est resté.

Jean se pencha, ramassa une pierre plate couverte de mousse, et la retourna comme s'il s'agissait d'un vieux secret.

— Ce qui est sûr, c'est que ce nom a tenu. Et quand un nom tient, il finit par faire racine dans la mémoire. Même si on en oublie le sens.

Augustin gribouillait dans son carnet, mais ses yeux restaient rivés sur les contours du terrain. La parcelle était triangulaire, encadrée par deux haies de prunelliers, et en contrebas, une vieille rangée de pierres délimitait encore ce qui avait dû être une terrasse de culture. Un merle s'échappa soudain d'un buisson, éclaboussant le silence d'un cri clair.

— Et là ? demanda Augustin en pointant un replat au-dessus, d'où l'on voyait le ruban argenté de la Chée serpenter au loin.

Jean leva les yeux.

— Ça, c'est Rechine. Un nom ancien. Certains disent que ça vient d'un vieux mot patois qui voulait dire racine, parce que rien ne poussait là sans que les racines aillent très profond. D'autres pensent que c'est le nom d'une fille, une certaine Rechine, qui aurait vécu seule dans une masure, ici, au bord du champ. Une sorte de rebouteuse, ou de femme écartée. On ne sait pas trop. Le nom est resté, comme un écho.

Augustin s'arrêta net. Il se retourna lentement, scrutant les courbes du terrain, les noms qu'il avait notés : la côte des Rois, Rechine, le champ de la Cripatte, les Grandes Haies, la Vigne l'Escuyer. C'était un puzzle désordonné, mais pas incohérent. Une langue ancienne gravée dans les collines.

— Ces noms, Jean… ils sont comme une autre carte. Une carte invisible.

Jean hocha la tête sans répondre. Il montra au loin un coin de bois.

— Tu vois là-bas ? C'est le bois du Tilleul. Il reste un vieux tronc, tout creux, mais toujours debout. On dit que c'est là que les gens du village se réunissaient avant les assemblées, quand il n'y avait ni mairie ni salle. Le tilleul, c'était l'arbre des décisions. Peut-être même qu'ils rendaient la justice, assis en cercle. Le nom est resté, bien après l'usage.

Ils descendirent un peu, atteignant une autre zone de vigne, mieux entretenue. Un homme, à genoux, taillait les sarments, son dos rond comme une pierre de meule. Il leva la tête en voyant les deux silhouettes approcher.

— C'est Joseph Cuny. Il a fait son vin ici pendant quarante ans. À sa manière.

Joseph portait une veste de toile épaisse, râpée par les saisons et rapiécée au fil des ans. Ses mains étaient épaisses comme des pelles, son chapeau de feutre usé jusqu'à la corde. Il avait des yeux pâles, vifs, qu'on devinait encore joueurs malgré les rides profondes. Sa taille était voûtée par des décennies passées courbé sur la vigne. Son sécateur, qu'il maniait comme un scalpel, semblait faire partie de lui.

Jean salua, puis les deux hommes échangèrent quelques mots. Augustin observait les gestes de Joseph, précis, presque rituels. Chaque coupe semblait pesée, presque respectueuse.

— On taille comme on élève un enfant, disait Joseph, faut savoir quand trancher, et quand laisser faire.

Ils reprirent leur marche. Au détour d'un chemin, une croix de bois, rongée par les intempéries, marquait une limite invisible.

— Là, c'est la croix du Dos d'Âne. Le chemin fait un pli, juste ici, comme l'échine d'une bête fatiguée. Les anciens disaient que les charrettes de foin grinçaient si fort en montant qu'on croyait entendre un âne geindre. Alors on a mis une croix. Pour porter ce qui pliait.

Augustin nota avec lenteur. Il n'écrivait plus seulement des coordonnées, mais des signes. Chaque nom, chaque lieu, était un récit fossilisé. Une rumeur ancienne du pays. Un lien ténu entre les vivants et les disparus.

Jean s'arrêta, planta son bâton dans le sol.

— Tu vois, Augustin… dresser une carte, c'est bien. Mais faut savoir ce que tu dessines. Pas juste des lignes et des bornes. Faut savoir si tu traces un chemin ou si tu l'effaces.

Augustin se sentit frappé par la formule. Elle resterait.

Ce soir-là, de retour dans sa chambre, il ouvrit ses feuillets de relevés cadastraux. Il y inscrivit les noms de lieux à la main, avec lenteur, en lettres rondes et appliquées. Puis il ajouta, en marge, quelques phrases qu'il n'aurait jamais songé à écrire avant : *« Ici, la mémoire résiste à la mesure. »*

Il commençait à comprendre que sa mission ne serait pas seulement de dresser un plan. Mais de recueillir, pour un instant, une langue en train de disparaître.

Chapitre 5 – Le feu et le bois

Le ciel avait viré au plomb. Une lumière lourde, diffuse, pesait sur les toits bas des Marats. L'air sentait le fer et la pluie en attente. Augustin avait laissé ses instruments à l'auberge ; ce matin, Jean lui avait simplement dit :

— Aujourd'hui, on va voir ceux qui font tenir les choses.

Ils s'engagèrent dans Rayotte, du nom d'une petite ruelle étroite et pavée, encaissée entre des murs de pierre humide, qui longeait la Chée. Le bruit du ruisseau, gonflé par les pluies récentes, courait sous leurs pas.

Une grange ouverte laissait échapper une odeur douce et sèche de copeaux, mêlée à celle, plus animale, de suif et de colle de peau. À l'intérieur, dans une demi-pénombre traversée de rais de lumière dorée, un homme travaillait, assis sur un banc de bois long et bas, aux pieds renforcés de fer. C'était le charron, Louis Renaux, un homme massif, aux épaules larges et au front barré de rides profondes, dont les bras nus laissaient voir une peau burinée, parsemée d'échardes fines.

Autour de lui, un univers ancien et parfaitement ordonné. Des jantes en frêne suspendues comme de grandes serpes, des douelles d'essieu soigneusement triées par courbure et par essence — frêne pour la souplesse, orme pour la force, hêtre pour la prise du fer. Sur un râtelier mural, une impressionnante collection d'outils : bisaiguës, herminettes, tarières, vilebrequins, compas à oreillettes, autant de prolongements du corps. Plus loin, des cercles de fer rouillés, posés en piles, attendaient d'être chauffés à blanc pour s'enrouler autour des roues.

Une roue presque achevée attendait son dernier cerclage au fond de l'atelier. L'homme leva à peine les yeux quand Jean entra.

— T'as amené le Parisien ? dit-il sans animosité.

— Il vient voir comment on fait rouler le pays, répondit Jean.

Louis esquissa un sourire. Il invita Augustin d'un geste à s'approcher. Il tenait une mortaiseuse manuelle, qu'il utilisait avec une précision lente, presque cérémonielle. Le bois gémissait doucement à chaque passage de lame, laissant tomber des copeaux réguliers, comme un sablier inversé.

— Y'a pas de clou dans une bonne roue, dit-il. Tout est emboîté, serré, lié par le feu et l'eau. Comme les familles, autrefois.

Il montra à Augustin un moyeu de roue, soigneusement creusé, prêt à recevoir les rais.

— Une roue, c'est une promesse. Si elle casse, c'est le voyage qui s'arrête. Le bois doit parler avant de crier.

Louis Renaux était né dans cet atelier. Son père et son grand-père y avaient façonné les charrettes de tout le village, les tombereaux à fumier, les brouettes des vignerons, les chariots à foin. Il ne lisait pas beaucoup, mais savait reconnaître un bois de rivière d'un bois de crête rien qu'à l'odeur, et deviner, dans une planche, la tension du fil avant de toucher l'outil.

— Le bois, faut pas le forcer. Faut lui parler doucement. Sinon, il se venge plus tard, au premier nid-de-poule.

Ils restèrent là un moment à écouter le chant rythmique de la scie passe-partout, le crissement des râpes à bois, le frottement des cales. Puis Jean fit signe à Augustin. Ils ressortirent, reprenant la ruelle qui longeait le bord de la Chée.

En aplomb du ruisseau, à l'ombre d'un vieux noyer, une forge basse tenait encore debout, ses pierres noircies par le feu et les années. On y accédait par un petit escalier, glissant sous la pluie.

Dès l'approche, on entendait le halètement régulier du soufflet à bras, et le choc sourd du marteau de forge sur l'enclume à cornes. La forge de Marat, comme on l'appelait, ne chauffait plus que quelques jours par semaine, quand le besoin s'en faisait sentir. Mais ce jour-là, elle battait à plein.

Un peu plus loin, Augustin aperçut la forge. Le maréchal-ferrant Pierre Buvelot, silhouette trapue et noircie par la suie, s'affairait dans l'ombre rougeoyante de son atelier, les manches retroussées, frappant méthodiquement sur un fer chauffé au rouge. Le cheval à ferrer attendait de l'autre côté de la rue, dans un petit renfoncement en coin, le long d'une maison dont le toit s'avançait en auvent, formant un appentis protecteur. Un anneau de fer scellé dans le mur permettait d'attacher la bête, qui tapait du sabot sur les pavés disjoints, renâclant à demi. Cette scène banale, rythmée par le marteau et les souffles du cheval, donnait à la rue une cadence presque rituelle.

Pierre Buvelot, le fer rouge maintenu entre ses pinces, traversa la rue d'un pas assuré et se pencha sur la jument massive, qu'il tenait par l'antérieur gauche. Le sabot reposait sur son genou dans une posture précise, fruit d'années de métier. Le fer encore tiède fumait doucement. Pierre, sec et nerveux, avait des mains tannées comme du cuir, des bras fins mais noueux, et un visage mangé de rides, d'où perçait un regard vif et concentré.

— C'est Mirabelle. Elle dérape sur la glaise. Faut lui mettre des fers plus larges, dit-il sans relever la tête.

Derrière lui, l'atelier ressemblait à un musée vivant. Sur un établi, s'alignaient tenailles, tricoises, pinces à river, étampoirs. Aux poutres pendaient des fers de tailles diverses, adaptés aux saisons et aux sols. Une meule encore humide tournait lentement, actionnée par un vieux système de courroie grinçante.

Pierre pinça le sabot, le gratta d'un geste sec avec une curette, ajusta l'angle à la râpe, puis repartit plonger le fer dans la gueule rougeoyante du foyer. Le métal vibrait sous les coups de marteau, comme une bête récalcitrante.

— Tu vois, dit-il à Augustin, moi je rends les bêtes sûres. Sans moi, les champs s'arrêtent. Les vignes s'effondrent. Le courrier n'arrive plus. Mais un jour, y'aura plus besoin de moi. Des machines feront tout. Et elles mourront toutes seules.

Il rit, un rire un peu rauque, sans moquerie.

— Les chevaux, eux, ils savent quand tu les regardes. Et ils t'oublient jamais.

Une fois Mirabelle ferrée, il lui tapota l'encolure d'une main gantée, puis la laissa filer vers le pré voisin. Pierre essuya ses mains sur un torchon noirci.

— Tu veux noter un truc, petit géomètre ? Écris que le feu et le cuir ont plus de mémoire que le papier.

Jean, resté en retrait, regardait les lieux avec une forme de respect silencieux. En ressortant, il déclara simplement :

— Le jour où ces deux-là ne seront plus là, ça fera un trou dans le village. Mais personne le verra tout de suite.

Le soir venu, Augustin s'attarda longtemps à la fenêtre de sa chambre. La pluie avait repris, une pluie fine et serrée qui cinglait les vitres. Il observait les gouttes qui glissaient sur le verre comme des filets de temps.

Sa chambre, à l'étage de l'auberge, était simple mais habitée. Un lit étroit aux draps rêches, une table d'angle encombrée de papiers, un poêle ventru qui crachotait une chaleur inconstante. Sur les murs, quelques traces d'humidité dessinaient des continents flous. Une armoire massive sentait la lavande sèche. Le parquet grinçait à chaque pas, comme s'il protestait contre l'oubli.

Il sortit son carnet, et écrivit, non pas des mesures, mais un mot unique :

« *Transmission.* »

Puis il éteignit la lampe, et s'endormit en écoutant, quelque part dans la nuit, le ressac lointain d'un marteau contre une enclume.

Chapitre 6 – L'alliance des pierres

C'était un matin clair, sec et coupant. Le ciel, la veille encore laiteux, s'était dégagé dans la nuit, et le gel avait durci les ornières du chemin. Augustin et Jean marchaient côte à côte, leurs pas résonnant sourdement sur le sol figé. Ils longeaient la Chée, puis bifurquèrent vers le sud, entre les deux Marats, là où le sol s'ouvraient sur un replat oublié : l'ancienne carrière.

— Regarde bien, dit Jean en s'accroupissant au bord d'une excavation peu profonde. C'est ici qu'on prenait la pierre de Marat-la-Grande. Douce, calcaire, facile à tailler. Mais elle n'aime pas l'hiver. Elle éclate si on la laisse sans soin.

Jean tapota la roche du bout du bâton. Elle était beige pâle, parsemée de petits grains blancs. Une pierre tendre, presque tiède au toucher malgré la saison.

Augustin se pencha, en détacha un éclat, observa sa texture friable.

— Celle-là, reprit Jean, c'était pour l'intérieur : les linteaux, les évacuations, les bancs sous la fenêtre. Belle à l'œil, agréable à travailler. Mais pour les fondations, pour les murs exposés à la pluie et au gel... on allait chercher plus loin.

Ils reprirent leur marche. Une centaine de mètres plus loin, la terre changeait de ton. Le sol devenait plus sombre, plus pierreux. Jean s'arrêta devant une autre excavation, à demi envahie de ronces. Il frappa du pied une pierre plus sombre, plus rugueuse.

— Celle-ci, c'est la pierre de Marat-la-Petite. Dure, plus lente à tailler, mais elle ne bouge pas. Tu la poses, elle tient. L'eau ne la pénètre pas. Les anciens savaient : les maisons tiennent si leur socle est fait pour durer.

Augustin notait tout. Il avait sorti son carnet malgré le froid et dessinait des coupes, des textures, des murs. Il avait commencé par simple réflexe de géomètre, mais plus il avançait, plus les bâtisses du village lui apparaissaient comme des corps pensés dans leur ensemble : une intelligence populaire silencieuse mais fine, une manière de lire le sol autant que de le bâtir.

— Et les maisons actuelles, elles reprennent ce modèle ? demanda-t-il.

Jean hocha la tête, d'un geste lent mais assuré.

— Oui. Pas toutes, bien sûr, mais beaucoup. Ici, les gens ont gardé l'habitude. On mélange encore les deux pierres : la douce pour l'abri, la dure pour l'assise. On fait attention à l'exposition, aux vents, à l'humidité. Même ceux qui utilisent des matériaux plus récents, savent qu'il faut d'abord écouter le sol. On coule les fondations où la roche est stable. On pose les murs là où ils peuvent respirer. On ne force pas le terrain. On s'adapte.

Il s'arrêta un instant, tapotant le bout de son bâton contre une dalle moussue.

— Ce n'est pas que de la tradition, tu vois. C'est du bon sens. Une continuité. On ne parle pas de nostalgie, mais de transmission. C'est pas une technique figée, c'est une manière de faire avec ce qu'on a, ici. Et ce qu'on a, c'est cette terre, ces deux pierres, et les siècles de gestes qui vont avec.

Augustin hocha la tête à son tour. Il voyait alors le village comme une immense maquette vivante : des bâtis anciens et récents, tous enracinés dans une même logique discrète. Il pensa à ces murs où l'on pouvait suivre l'évolution des techniques sans jamais voir de rupture. Les couches du temps s'y superposaient sans heurt, comme les strates d'un terrain géologique.

Ils étaient arrivés à un petit promontoire. De là, on apercevait à la fois les toits de Marat-la-Grande et ceux, plus discrets, de Marat-la-Petite. Augustin eut soudain une intuition. Il sortit une carte sommaire, y reporta les deux carrières, puis les types de constructions. Une cohérence se dessinait, plus évidente qu'il ne l'avait pensé.

— Ce n'est pas juste une question de ressources, dit-il à mi-voix. C'est une lecture du territoire. Ils ont bâti en fonction du temps, de l'humidité, du gel, de l'ombre. Ce n'est pas un hasard si les pierres des deux villages sont différentes. Ce n'est pas une séparation, c'est une adaptation.

Jean hocha la tête, presque amusé.

— Voilà. T'as compris. C'est pas un choix d'esthétique. C'est une conversation avec la terre. Les anciens, ils posaient les pierres comme ils faisaient leur pain : avec attention, avec habitude. Pas avec vitesse.

Augustin se tut. Le vent balayait le plateau, portant avec lui les effluves d'un feu lointain. Il pensa soudain que la carte qu'il était en train de dresser n'était pas géographique. Elle était organique. Elle montrait non pas un territoire, mais une mémoire. Chaque mur, chaque seuil, chaque pierre était une archive du temps.

Le soir même, au coin du feu, il relut ses notes. Puis, comme souvent maintenant, il y ajouta quelques lignes plus personnelles :

« Ce village n'a pas été construit pour impressionner. Il a été bâti pour durer. Les pierres ne racontent pas une histoire de grandeur, mais une histoire de prudence. Elles savent ce que le gel fait aux impatients. »

« Entre Marat-la-Grande et Marat-la-Petite, ce ne sont pas des rivalités qui ont élevé des murs, mais la nature même de la pierre qui en a guidé la pose. Il n'y a pas deux villages opposés, mais un seul lieu façonné par une même terre, où chaque type de pierre a trouvé sa juste place. Une alliance discrète, née de la nécessité et du bon sens, qui relie les deux versants du même savoir. »

Chapitre 7 – Le Moulin de la Chée

La brume du matin glissait entre les haies, silencieuse et lente comme un animal ancien. Le sol était détrempé, spongieux, et les bottes d'Augustin laissaient de longues traces brunes sur le sentier enherbé. Jean, en tête, l'avait emmené en aval du village, contournant les dernières maisons de Marat-la-Petite et laissant la route de Rembercourt-aux-Pots pour prendre le sentier du Bon Plaisir qui descendait vers les Varennes en direction de Lisle-en-Barrois.

— On va voir un autre genre d'artisan, avait-il dit. Un qui travaille avec ce qui coule et revient, toujours au même endroit.

Le sentier longeait un vieux canal de dérivation, dont les berges s'effritaient par endroits. L'eau y filait sans hâte, retenue et dirigée, venue non pas de la Chée elle-même, mais de petits ruisseaux glissés entre les collines — la Vau Haqui, Sous Caulaines — et d'un bras détourné de la rivière principale. Ce n'était pas un cours d'eau naturel : c'était une œuvre, patiemment taillée dans la terre, régulée par des siècles de mains humaines.

Le moulin apparut au creux d'un replat, massive bâtisse de pierre calcaire, flanquée de deux dépendances trapues. Son corps principal, vaste rectangle de plus de trente mètres de long, reposait au pied de la côte de Joiraumont, là où le terrain amorçait sa descente vers les prés humides. Une cheminée basse, des fenêtres étroites, une toiture aux tuiles patinées, un linteau gravé — tout respirait la solidité ancienne, celle des choses utiles.

Jean désigna le seuil de la main.

— C'est ici qu'on broie le pays, dit-il doucement.

Un homme sortit sous l'auvent, les mains poudrées de farine, tablier de toile usée noué à la taille, une vieille coiffe de travail en toile bleue rabattue sur le front. Il leva à peine les yeux, mais un sourire franc éclaira son visage en apercevant Jean.

— Jean-Mansuy Purson, dit ce dernier à Augustin. Meunier. Et mémoire du canal.

Jean-Mansuy s'approcha, main tendue.

— Vous venez pour les plans ? Vous allez vouloir tracer droit ce que l'eau a mis des siècles à tordre ?

Il souriait sans méchanceté. Sa voix était grave, lente, celle d'un homme qui connaît les rythmes profonds du monde — ceux des saisons, des récoltes, du bois qui sèche, de l'eau qui se retire.

Ils entrèrent.

À l'intérieur, tout respirait la poussière de blé. La lumière filtrait par des meurtrières taillées dans l'épaisseur des murs, éclairant des tourbillons de particules en suspension. Deux grandes meules, enchâssées dans un bâti de chêne, ronronnaient lentement. Les engrenages de bois de hêtre, parfaitement huilés, cliquetaient à intervalles réguliers.

— Rien n'est moderne ici, dit Jean-Mansuy. Tout fonctionne comme au siècle dernier. Un arbre vertical, un rouet, deux meules — l'une pour le froment, l'autre pour l'orge ou l'avoine. Et tout ça, c'est la rivière qui le fait danser.

Il désigna du doigt une trémie en chêne, où s'écoulait lentement le grain.

— Tu vois, là, il faut juste ce qu'il faut. Trop, et la meule chauffe. Pas assez, et elle se frotte dans le vide. Tout est équilibre. C'est pas un métier, c'est une écoute.

Ils passèrent de salle en salle, croisant des sacs pleins, des outils accrochés aux poutres : râteaux à grain, balais faits main, tamis en fil de crin. À l'arrière, une fenêtre donnait sur le canal. Le bruit de l'eau se mêlait au grincement des roues. Une vanne de bois, actionnée par un levier en fer forgé, permettait de régler le débit.

— Mon aïeul, Jean-Joseph Purson, me répétait souvent : "Écoute l'eau, elle te révélera tout ce que le ciel ne veut pas." Il percevait le flot de l'eau comme un langage à part entière. Et je crois qu'il avait raison.

Jean-Mansuy sortit un instant pour montrer à Augustin l'ancien bassin de décharge. Les pierres de taille, usées, formaient une rigole profonde et irrégulière. Plus loin, l'eau reprenait son lit vers la Chée. Aucun béton ici : juste des pierres calcaires, patiemment ajustées et rejointoyées avec du mortier de chaux. Le canal, entretenu de génération en génération, tenait bon.

— Tu sais, dit Jean-Mansuy, ce moulin n'était pas seul. À Rembercourt, à deux pas d'ici, ils en avaient deux. L'un sur le rû de Rembercourt, au lieu-dit Caïpha, et un autre à vent, sur la hauteur. Le moulin d'eau chômait souvent, parce que le ruisseau ne coulait qu'aux pluies. Alors ils avaient bâti un moulin à vent, mais il ne tournait guère : pas assez de hauteur.

Il s'interrompit, puis reprit :

— Il y a quelques années, en 1829, un ouvrier qui défrichait près du vieux moulin de Caïpha a mis la pioche dans un vase romain. Des milliers de pièces. Des bronzes. C'est dire si les lieux sont habités depuis longtemps. Même la lèpre y avait sa maison, au Moyen

Âge. Une léproserie, là, où les frères faisaient du pain pour les malades. La farine, toujours elle.

Ils restèrent un moment à écouter l'eau passer. Un héron s'envola dans le silence, battant lourdement des ailes.

— Une rivière, conclut Jean-Mansuy, c'est pas un décor. C'est un corps. Quand tu le blesses, il finit toujours par se rappeler à toi.

De retour dans la salle des meules, Augustin nota avec lenteur, entourant les mots : "écoute", "corps", "équilibre". Il ne traçait plus des lignes, il recueillait des voix.

Avant de repartir, Jean-Mansuy lui tendit une poignée de farine.

— Sens ça. C'est le pays en poudre.

Augustin ferma les yeux. La farine était tiède, légèrement grasse au toucher. Elle avait une odeur douce et végétale, presque vivante.

Sur le chemin du retour, Jean resta silencieux longtemps. Puis il déclara :

— Tu vois, il y a des lieux où la mémoire s'écoule. Ici, elle se moud.

Ce soir-là, Augustin resta longtemps penché sur ses croquis. À côté des dessins du mécanisme, il écrivit :

« Ici, l'eau ne suit pas les lois. Elle les fonde. »

Et, un peu plus bas, en lettres plus petites :

« Le moulin tourne avec ce qui passe, mais ce qu'il produit, c'est ce qui reste. »

Chapitre 8 – Le Rougeat

Le soir tombait lentement sur les toits des Marats, enveloppant le village d'une lumière dorée et feutrée. Les volets se refermaient un à un, les chiens cessaient d'aboyer. Augustin avait convié Jean à dîner à l'auberge du centre, celle où il logeait depuis son arrivée. C'était un bâtiment bas, aux murs un peu creusés, dont les pierres sombres semblaient avoir absorbé des siècles de chaleur et de parole.

À l'intérieur, l'odeur du feu de bois se mêlait à celle de la viande mijotée. Quelques habitués jouaient aux cartes près du poêle, un vieux chien dormait au pied du comptoir. Jean salua d'un signe de tête, puis suivit Augustin jusqu'à une table en bois brut, légèrement bancale, dans un coin près de la fenêtre. Une carafe de vin rouge les attendait déjà, posée sans façon à côté d'un panier de pain.

— C'est du Rougeat, dit Jean en servant deux verres. Du vin de la côte de Marat-la-Petite tu te souviens ? C'est pas un grand cru, mais c'est le nôtre.

Augustin porta le verre à ses lèvres. Le vin était trouble, rustique, mais vif. Il avait un goût de cerise noire, de terre chaude et de souvenir ancien.

— On faisait tous nos vendanges là-bas, avant. Toute la pente était en vigne. Les familles s'aidaient, on chantait en cueillant. On ne parlait pas de rendement, on parlait de tenir l'année. Le vin, il servait pour les repas, les mariages, les veillées. Il marquait le temps.

Il fit une pause, comme pour savourer le goût d'un souvenir.

— Mon père, il taillait la vigne comme on taille une barbe. Avec attention, et sans trop parler. Y avait pas besoin de mots. Juste le geste juste. Chaque cep, c'était une vieille connaissance.

La serveuse déposa deux assiettes fumantes — œufs en meurette et pommes de terre sautées. Jean leva son verre.

— À la Saint Médard, dit-il. On aura droit à la pluie ou au soleil. Mais dans tous les cas, on aura à boire.

Augustin leva son verre en retour, intrigué.

— C'est la fête du village, expliqua Jean. Le huit juin. On sort les bancs, les tables, y a du violon, des jeux pour les enfants. Mais c'est pas toujours que du joyeux. C'est aussi là que les vieilles querelles ressortent. Entre familles, entre voisins. Tu sais, les histoires de clôture mal posée, d'eau qui coule du mauvais côté, de bois coupé trop près.

Il rit doucement.

— Le vin réchauffe, mais il réveille aussi les douleurs.

Augustin observait les murs de l'auberge. Accrochées là, quelques gravures et dessins d'époque représentaient des scènes de vendanges : hottes sur le dos, grappes débordant des paniers, visages burinés. Juste des traits de plume et des lavis, posés là comme des souvenirs muets.

— J'ai vu les murets, les ceps oubliés… quelques lignes encore lisibles sur le flanc, dit Augustin en reposant son verre. Alors je me demandais : il en reste encore, des vignes qu'on cultive vraiment ?

Jean hocha la tête.

— Quelques-unes. Souvent pour soi, pour la famille, comme le fait le père Cuny. Plus rares sont ceux qui continuent à presser, à élever le vin. Mais ceux qui le font… ils savent encore. Ils savent que le vin, c'est pas qu'une boisson. C'est une mémoire liquide. Un lien entre le père et le fils. Un dialogue entre la terre et les années.

Augustin gribouilla quelques notes dans son carnet. Il écrivait plus qu'il ne cartographiait désormais. Ses croquis ressemblaient à des fragments de vie. Des éclats de lumière sur une réalité oubliée.

— Le Rougeat, il est comme le village, dit-il à voix basse. Il a un goût d'écorce, de braise et de silence.

Jean sourit, le regard perdu dans la profondeur de son verre.

— C'est pour ça qu'on l'aime. Il raconte ce que les mots n'osent plus dire.

Au-dehors, la nuit s'était installée, dense et froide. Mais à l'intérieur, sous les poutres noircies, les voix montaient doucement. Le vin circulait entre les tables. Et dans ce moment suspendu, Augustin sentit à nouveau ce qu'il ne parvenait plus à nommer : un attachement qui dépassait les cartes, les relevés, les mesures. Quelque chose d'organique, d'hérité, de transmis — comme une vigne qu'on taille sans bruit, en pensant à ceux qui l'ont plantée.

Chapitre 9 – Le cuir et la main

Ils venaient de quitter un sentier de terre bordé de noisetiers et de prunelliers pour prendre la grande route. Le cheval avançait d'un pas régulier, ses sabots frappant le sol avec une cadence mesurée, comme un ancien rituel que la terre elle-même reconnaissait. Le soleil, maintenant plus doux, effleurait les collines verdoyantes, où le printemps tardif déployait ses couleurs éclatantes, encore pleines de promesses.

— Avant de rentrer au Grand Marat, si cela ne te presse pas, faisons une halte. Paul Raulin a encore son atelier ouvert à Marat-la-Petite. Ça vaut le détour.

Augustin acquiesça. Depuis quelques semaines qu'il voyageait aux côtés de Jean, il avait appris à apprécier ces arrêts, ces moments où chaque détour semblait offrir un peu plus de ce pays où le temps semblait encore se plier à la patience des hommes.

Dès qu'il franchit le seuil de l'atelier, une odeur familière s'épanouit autour de lui : celle du cuir tanné, de la graisse de bœuf, de la colle animale et du bois sec. Une chaleur discrète, légèrement poussiéreuse, enveloppait les murs, et l'air semblait chargé du poids des gestes d'antan. On aurait dit qu'en pénétrant ici, on entrait dans un espace vivant, où chaque fibre, chaque peau, chaque outil portait le souvenir d'un savoir-faire sans fin.

Le bourrelier, assis sur un tabouret bas, ne leva pas immédiatement les yeux. Il tenait un harnais entre ses genoux, ses mains robustes guidant une alêne à travers l'épaisseur du cuir, avant de faire passer une grosse aiguille montée de fil poissé. Ses doigts, forts mais agiles, accomplissaient leur tâche avec une patience tranquille, presque sacrée, comme celle d'un cœur qui bat au rythme du travail.

— Paul Raulin, murmura Jean. Il a tout appris de son père. Et lui-même, de son oncle. C'est la dernière main de cuir du village.

L'atelier, bien que modeste, était haut de plafond. Des pans entiers de courroies pendaient des solives, leur texture rugueuse comme une promesse d'endurance. Une armoire massive débordait de boucles, rivets, plaques de laiton, dés à coudre et poinçons, tandis que les murs, noircis par le temps, semblaient vibrer sous le poids des années de labeur. Sur l'établi, une selle inachevée reposait, sa carcasse de bois cintré et de métal martelé évoquant les entrailles d'un cheval, ou d'une machine qu'il faudrait encore construire à la main.

— Approchez, lança Paul sans lever les yeux. Je peux bien coudre tout en parlant.

Il tira le fil d'un coup sec. Le cuir plia sous son geste, gémissant brièvement avant de se poser, prêt à se soumettre à la forme qu'il allait prendre.

— Vous êtes venus pour les plans, j'imagine. Pour redessiner le pays. Mais il ne faut pas oublier ceux qui l'ont porté, ceux qui l'ont façonné avec leurs mains.

Jean sourit, tandis qu'Augustin, carnet en main, s'assit sur une caisse renversée, prêt à écouter.

— Vous travaillez encore pour beaucoup de chevaux ? demanda-t-il, curieux.

— Oh, il y en a moins qu'avant, mais il en reste. Des traits ardennais, quelques percherons. On les attelle pour les labours, pour la forêt, pour les diligences et les charrettes de poste... Tant que les sabots frappent la route, il faudra du cuir.

Paul marqua une pause, passant sa langue sur ses lèvres calleuses avant de reprendre.

— Ce que je fais, ce n'est pas seulement du cuir. C'est du lien. Entre la bête et l'homme. Entre le geste et la charge. Entre l'outil et le temps.

Augustin nota : « lien entre charge et geste ». Il observait le vieil homme, scrutant chaque détail de ses mains, chaque callosité, chaque ligne marquée par le travail.

— Le métier, vous l'avez appris où ? demanda-t-il.

— Dans le dos de mon père. À dix ans, je tenais le cuir. À douze, je cousais. À quinze, je réparais les traits du maire. Il ne parlait pas beaucoup, mon père. Il montrait. Il montrait longtemps. Si tu ne regardais pas, tant pis pour toi.

Un rire sec s'échappa de ses lèvres.

— Ce n'est pas une école ici. C'est un passage. Tu y entres avec rien, tu t'en sors avec tes mains pleines. Ou crevées.

Il tira une sangle et la tendit entre ses paumes, son regard se posant sur la texture du cuir.

— Ce morceau-là, il vient d'un cuir de l'Est. Un vrai. Pas ce bazar de foire qui se fend sous la pluie. Quand tu sens l'odeur, tu sais s'il a vécu dehors, s'il a été battu par la neige, ou gardé au sec dans une grange. Le cuir, ça ment pas. Il parle. Et il garde les marques.

— Comme vos outils, dit Augustin.

Paul hocha lentement la tête, un sourire tacite dans les yeux.

— Chaque entaille a son histoire. Celui-là, c'est mon grand-père qui l'a forgé. Un couteau d'ouvrier, en vieux ressort de charrette. Il coupe encore droit. Les marchands veulent vendre du prêt-à-poser, du tout-fait, mais ça, c'est bon pour les villes. Ici, il faut que ça tienne. Et pour ça, il faut que ce soit cousu par une main qui sait écouter.

Un silence s'installa, le seul bruit dans la pièce étant celui du cuir qui se pliait sous les gestes du maître.

— Il y avait d'autres bourreliers ici ? demanda Augustin après un moment.

— Oui, deux autres avant moi. L'un au Grand Marat, un autre à Rembercourt. Mais leurs fils sont partis. L'un pour étudier le droit à la ville, l'autre pour travailler sur les ponts et chaussées. Les jeunes veulent plus tracer que réparer. Mais il n'y a rien de plus noble que de faire tenir ensemble le cheval, l'homme et la route.

Il désigna un collier usé, suspendu à une poutre, et un regard chargé d'histoire traversa ses yeux.

— Celui-là, il a fait deux guerres napoléoniennes et trois générations de labours. Je l'ai recousu au moins vingt fois. Il tiendra encore. Le neuf ? Ça brille, mais ça ne tient pas. Il faut du vécu dans le cuir.

Augustin se leva, fit le tour de l'atelier, effleurant les courroies, les pointes, les marteaux en bois dur, un peu comme un visiteur dans un temple où chaque objet portait un savoir.

— Vous n'avez jamais voulu former quelqu'un ? demanda-t-il, intéressé.

— J'ai proposé. Mais qui veut coudre à la main quand les marchands vendent des harnais tout montés ? On veut du vite, pas du juste. Le métier, je l'enterre avec moi, sans regrets. Ce n'est pas une tristesse, c'est un cycle. D'autres gestes viendront. Peut-être plus propres, peut-être plus froids. Mais les miens resteront là, entre ces murs.

Avant qu'ils ne partent, Paul lui tendit une petite boucle ouvragée, taillée à la main.

— Cadeau. Pour que tu n'oublies pas qu'un jour, la terre se portait à l'épaule des hommes. Et qu'il fallait du cuir pour la tenir.

Ce soir-là, Augustin nota dans son carnet, sous un croquis de harnais :

« Ce métier ne tirait pas, il reliait. Ce n'était pas la force, mais la mémoire de la force. »

« Ce métier ne tirait pas, il reliait. Ce n'était pas la force, mais la mémoire de la force. »

Chapitre 10 – La fenaison du plateau

Les jours avaient passé depuis l'arrivée d'Augustin aux Marats. La saison avançait, irrésistible, portée par la lente montée du soleil et le retrait des ombres sous les arbres. Après les boues du printemps, la terre s'était raffermie, les prés s'étaient garnis. On entrait dans ce moment suspendu où l'été, sans être encore tout à fait installé, impose sa cadence : la fenaison.

C'était le premier vrai matin d'été. Un de ces jours où l'air a encore la fraîcheur de l'aube, mais où le soleil annonce déjà la chaleur à venir. Le plateau, au-dessus des bois, s'ouvrait large et clair, semé de tâches vert pâle et rose vif : le sainfoin était en fleur, odorant, presque sucré.

Jean avait attelé le cheval dès les premières lueurs. La faux reposait en travers du râtelier, le manche lissé par des années de paume. Augustin suivait, un peu à l'écart, les manches retroussés, le front barré d'une ligne d'inquiétude tranquille. Il ne savait pas encore ce que l'on attendait exactement de lui, mais il comprenait que cela se ferait sans grandes explications.

Sur le plateau, deux autres attelages étaient déjà à l'œuvre. On distinguait, au loin, les silhouettes courbées de François Berthaux et de la vieille Élise, dont les gestes démentaient l'âge. Ici, la fenaison se faisait à plusieurs, comme une répétition d'un rite ancien, indispensable. Les mots étaient rares. Les gestes, précis.

Jean fit un signe à Augustin.

— Allez, tiens bien la corde.

C'était une longue corde de chanvre, râpeuse au creux des mains, tendue à travers un peigne de bois qu'ils traînaient pour rassembler les tiges fraîchement fauchées. Le cheval, placide et solide, attendait le signal, les oreilles tournées en arrière. Augustin saisit la corde un peu maladroitement, trop haut, et rectifia aussitôt, sous le regard amusé mais encourageant de Jean.

Le cheval s'ébranla, et dans un crissement doux, le peigne entama son sillage. Les herbes coupées, encore fraîches de rosée, s'alignaient derrière eux en une traînée régulière, comme si une main géante avait coiffé le champ. Le parfum du foin montait à mesure, âpre et sucré, un mélange de terre chaude, de plantes écrasées, de soleil qui dorait les tiges en silence.

Le soleil grimpait dans le ciel. Les manches se retroussaient, les chemises s'ouvraient, les dos se pliaient. Et partout, ça chantait. Pas fort, mais juste : des refrains de moisson, des bribes d'airs anciens, lancés d'un bout à l'autre du champ comme des clins d'œil entre compagnons.

À midi, on posa les râteaux, les fourches, les peignes. Les femmes arrivaient par le chemin creux, jupes retroussées, paniers au bras, et l'on riait avant même d'en soulever les linges. Il y avait du pain frais, des œufs durs, des oignons doux, des tartes à la rhubarbe, et un peu de vin frais tiré du puits, encore frais dans sa bouteille de grès. On mangeait assis dans l'ombre large d'un vieux saule, les jambes étendues dans l'herbe souple, les coudes crottés mais les rires clairs.

Augustin, la chemise trempée, les doigts tachés de vert, ne prenait pas de notes. Il mâchait lentement, heureux, avec l'appétit du travail fait. Et il écoutait.

— Quand j'étais môme, dit François en croquant dans une croûte dorée, on liait tout à la main. On faisait des gerbes bien rondes, serrées comme il faut. On passait la journée dans les prés, le dos au vent, les mains pleines de corde et d'herbe.

Il ramassa une poignée de foin fraîchement retourné, la porta à son nez et ferma les yeux.

— L'odeur, elle, n'a pas changé. C'est la même que dans la grange de mon grand-père. La même que dans les draps quand on dormait l'été sur le foin neuf, le cœur content et les jambes lourdes. Une odeur de chaleur, de bête tranquille, de soleil gardé.

Jean opinait, une pomme à la main, le dos appuyé contre le tronc. Il mangeait lentement, les yeux mi-clos, comme s'il ruminait le bonheur du moment. Il n'avait presque pas parlé de la matinée, mais Augustin comprenait maintenant son silence. Ce n'était pas du retrait, c'était une manière d'habiter pleinement l'instant. Ici, le travail était une langue. Et Jean la parlait avec aisance.

L'après-midi, on botta. À deux, à trois parfois, on rassemblait les andains en lourdes brassées que l'on liait avec des cordes de lin. Les bottes étaient serrées, puis hissées à l'épaule ou à la fourche sur la charrette que tirait lentement le même cheval, couvert d'écume mais tranquille, comme s'il connaissait chaque ornière du champ.

Les mains d'Augustin s'éraflèrent, perdirent leur blancheur. Une ampoule se forma à la base du pouce, le dos se raidit, les jambes fatiguèrent. Mais le cœur, lui, tenait bon. Le soleil commençait à redescendre, tiède sur la nuque, et Jean lui tendit un seau d'eau fraîche en revenant d'un aller-retour.

— Tu fais ta place.

Quelques mots, simples, mais qui portaient. Augustin sourit, but à petites gorgées, l'eau tiède et douce entre les dents, et ce goût de foin dans la gorge qu'il ne connaissait pas encore.

Avant de redescendre au village, il resta un instant seul, debout sur la crête du champ. En contrebas, Marat-la-Grande s'étalait, paisible, comme assoupie sous la fin du jour. Les champs fauchés luisaient doucement, roussis par le soleil. Le vent léger tournait, et l'odeur du sainfoin flottait dans l'air comme une chanson ancienne.

Il nota le soir même dans son carnet :

« C'est une danse sans spectateur, un ballet de gestes transmis d'épaule en épaule. On fauche, on ratisse, on porte — pas pour l'effort, mais pour la saison que l'on garde. Le foin, c'est l'été qu'on met de côté pour nourrir l'hiver. »

Et plus bas :

« Jean ne parle pas beaucoup. Mais son silence est une saison : il lève, il mûrit, il nourrit. »

Chapitre 11 – L'été en eaux troubles

L'été n'avait pas tenu ses promesses. Après la chaleur sèche de la fenaison, le ciel s'était chargé, lentement d'abord, puis avec une constance obstinée. Il ne pleuvait pas comme on le connaît d'ordinaire – pas des averses d'orage, brèves et violentes – mais une pluie lourde, épaisse, qui s'infiltrait partout, détrempait les sols, gonflait les rivières et glaçait les os.

La Chée, habituellement tranquille, sortit de son lit en quelques jours. Les prairies basses devinrent marécages. Le chemin du moulin se transforma en bourbier, impraticable. Jean pestait peu, mais souvent. Il ne parlait guère, mais on sentait sa contrariété dans sa manière d'aller et de revenir, les sourcils bas, les mains toujours occupées. Il surveillait le niveau de l'eau, dégageait les passages, creusait les rigoles à la fourche pour détourner le flot là où il pouvait.

Augustin le suivait, les mains enfoncées dans les poches de sa veste, le carnet bien au sec contre sa poitrine. Plus de mesures, plus de croquis, plus de lignes à tracer sur le papier. Le travail de géomètre attendrait. La terre, soudain, n'était plus à dessiner, mais à défendre. Augustin suivait Jean sans un mot, les yeux aux aguets, l'esprit en veille. Ce n'était plus le temps des cartes, mais celui des gestes. Et dans le silence, il sentait monter une inquiétude sourde — pour les bêtes, pour les champs, pour ce hameau que l'eau encerclait lentement. Jean ne disait rien, mais Augustin devinait la fatigue dans ses épaules, et la crainte, muette, dans le rythme de ses pas.

Un matin, au retour d'une visite chez un voisin, Jean annonça d'un ton sans appel :

— Deux veaux crevés chez les Hébert. Et chez les Billotte, les brebis boitent. Y a quelque chose qui tourne mal.

On parlait de la clavelée ou peut-être le charbon. Rien de sûr, mais les bêtes tombaient, l'une après l'autre, sans crier gare. Les vétérinaires mettaient du temps à venir, quand ils venaient. Alors on brûlait les carcasses à l'écart, dans un creux de haie ou derrière les bois, loin des granges, loin des regards. L'air était lourd, chargé d'herbe gâtée, de cuir mouillé, de cendre froide.

Le soir, Jean s'assit sur une pierre plate, à l'abri d'un mur. Les mains noires, les bottes pleines de boue, il restait là, le dos rond. Il ne regardait pas Augustin.

— Y a des années comme ça, dit-il. Tu fais tout droit. Tu sèmes propre, tu soignes comme on t'a appris, tu rentres le foin quand c'est sec. Et malgré ça, la terre te ferme la main. Alors tu baisses la tête, et tu tiens.

Ce n'était pas une plainte. C'était un fait, posé là comme un caillou.

Augustin, à côté de lui, comprenait un peu mieux. Le paysan n'est pas au-dessus de la nature. Il est en face. On fait avec, ou on fait contre. Parfois, on perd. Souvent, on recommence. Et la terre, généreuse un jour, se ferme le lendemain.

Il nota ce soir-là, à la lueur vacillante :

« La pluie ne frappe pas que les bêtes. Elle ébranle ce fil tendu entre l'homme, la terre, et tout ce qui vit entre les deux. »

Et plus bas :

« Jean n'accuse pas le ciel. Il l'attend. Il l'écoute. Même quand il tonne. »

Le jour suivant, la Chée déborda jusque dans le bas du village. L'eau passée par-dessus le lavoir, montait aux portes des remises. Les enfants restaient à l'intérieur, les femmes tiraient les coffres vers les étages. Une chienne mit bas dans la grange de Jean, six chiots nés dans la paille humide, comme une tache de vie au cœur du désordre.

Dans ce vacarme d'eau et de perte, Augustin comprit aussi que ce monde, si discret, si lent, pouvait connaître l'urgence. Non pas celle des villes, nerveuse et visible. Mais une urgence souterraine, silencieuse, qui tenaille les nuits et use les forces : celle de la survie.

Au plus fort de la crue, Jean, debout dans l'étable, désigna une corde tendue au mur, à un mètre du sol.

— C'est la crue de 1803. Mon père avait dû monter les bêtes sur les hauteurs, avec les charrettes de nuit. J'avais dix ans, je croyais que c'était fini. Tu vois. Ça revient toujours.

Et il ajouta, presque à lui-même :

— Ce n'est pas qu'on oublie. C'est qu'on espère trop vite.

Chapitre 12 – Le temps des mirabelles

Après les crues, l'été n'avait pas fui. Il s'était simplement tassé, apaisé, comme un vieux cheval qu'on dételle. La terre, lessivée, avait repris souffle. Les prés et les chemins, gorgés d'eau il y a peu, séchaient en silence sous les derniers pleins feux du soleil.

Les jours étaient encore clairs, mais le matin portait déjà un autre souffle — un filet d'air plus vif, une fraîcheur aux poignets, presque rien, mais qui disait que le cœur de la saison était passé. Les bêtes, moins nerveuses, levaient la tête aux mêmes heures. On entendait de nouveau le cri sec des corneilles au loin.

Sur les coteaux, le temps changeait de ton. Les feuilles prenaient des reflets de feu encore contenu : or léger, cuivre doux, rouge qui n'ose pas encore. Et partout, dans les jardins et les vergers, les mirabelles se balançaient sous leur poids, gorgées de sucre, prêtes.

Le mirabellier, sans bruit, entrait dans son règne — modeste, fidèle, mais attendu.

Jean levait parfois les yeux vers les branches, et murmurait simplement :

— On y est.

Et cela suffisait. Après la boue, l'effort, le silence tendu des jours d'alerte, la saison reprenait sa voix. Ni victoire, ni oubli. Juste la suite.

Augustin découvrit d'abord les fruits au détour d'un sentier. Des dizaines de petites sphères dorées jonchaient l'herbe, tachées de sucre, picorées parfois par les merles ou écrasées sous les sabots. Le sol lui-même semblait se souvenir du goût. Plus loin, entre deux haies, des silhouettes courbées ramassaient à la main. Paniers posés sur la terre, charpagnes bien remplies, gestes patients.

Jean l'invita un matin à suivre la tournée. Ils partirent à l'aube, la charrette encore vide, le ciel pâle sur les crêtes. Aux Marats, dans les vergers des familles, nul besoin de mots : chacun savait sa place, son geste. On étendait les draps sous les branches, on secouait les arbres d'un coup sûr, on ramassait à pleines mains, en silence ou en chantonnant.

Les fruits les plus dorés, cueillis avec soin, partaient pour les marchés ou les tables du dimanche. Les trop mûres, les fêlées, celles tombées d'elles-mêmes dans l'herbe grasse, étaient mises de côté. Elles iraient au tonneau, pour l'eau-de-vie ou les confitures faites au chaudron. Rien ne se perdait. Chaque fruit avait sa fin et sa place.

Augustin suivait, notait peu, observait beaucoup. Le pas du cheval, le bruit sourd des paniers qu'on vide, le sucre collant sur les doigts : tout cela racontait mieux le pays qu'aucune carte.

Augustin, étonné, suivit Jean jusque sous une grande grange aux murs de pierre rugueuse. Là, des tonneaux en bois étaient déjà pleins à moitié. Un parfum dense en émanait, entre la compote et le vin en train de tourner. Les guêpes dansaient au-dessus, saoules et heureuses.

— Ça fermente, dit simplement Jean.

Il plongea la main dans une cuve et en ressortit une poignée de fruits blets, luisants de jus.

— Dans quelques semaine, on appelle le bouilleur.

Augustin nota, intrigué. Il n'avait jamais pensé que l'eau-de-vie pouvait naître ainsi, lentement, de fruits tachés et d'un savoir transmis sans papier.

Le bouilleur de cru ambulant arriva un mardi, avec son attelage brinquebalant. Deux chevaux gris, tirant une roulotte de métal cuivré, montée sur de grandes roues de bois cerclées de fer. C'était un drôle d'engin, mi-machine, mi-sculpture, bardé de tuyaux, de robinets, de couvercles ventrus et de marmites sifflantes.

L'homme s'appelait Louis Ladruze. Il n'était pas du village, mais de Seigneulles et tout le monde le connaissait. On disait de lui qu'il avait « le nez du père Ladruze et les mains de sa mère », ce qui, dans la bouche des anciens, était un compliment rare. Il installa son alambic près de la source du lavoir, là où l'eau coulait claire et fraiche dans un bief taillé à la main. Tout était fait dans les règles : autorisation affichée, registre prêt à être signé, balances en cuivre sorties d'une boîte en bois d'acajou.

Jean s'approcha avec ses tonneaux. Il les souleva sans effort, malgré leur poids, les versa dans la cuve de chauffe. L'odeur monta aussitôt : ferment fort, sucre tourné, chair de fruit en décomposition noble. Augustin fut d'abord pris au nez, presque écœuré, puis curieusement attiré. Il resta près de Louis tout l'après-midi.

— Ce que je fais, ce n'est pas de l'alcool. C'est la mémoire d'un fruit, murmura le bouilleur, tout en ajustant le feu sous la chaudière.

— Mais ça monte fort, dit Augustin, une goutte sur la langue.

— Oui. Il faut que ça morde pour que ça garde. Une eau-de-vie, si elle est douce trop tôt, elle s'efface.

Louis soulevait les couvercles, ajustait les flammes, goûtait des filets limpides qui coulaient dans un récipient de verre, comme du diamant liquide. Il reniflait longuement chaque lot.

— Celle-là, elle a vu le soleil. Tu sens ? Elle est courte au nez, mais longue en bouche. Une belle mirabelle d'août.

Autour, d'autres villageois attendaient leur tour, parfois assis sur des bancs, parfois échangeant des nouvelles. Il y avait là les Brissot, les Charuel, les frères Poupart. On venait plus pour regarder que pour faire. C'était un rituel, un rendez-vous autant qu'un travail.

Augustin se sentit à sa place, pour la première fois. Il ne posait pas de questions. Il écoutait, notait, goûtait à peine. Il observait surtout la façon dont les gestes dialoguaient avec le paysage : les fruits venaient du sol, passaient par la main, montaient en vapeur, retombaient en verre. Rien n'était perdu. Tout se transformait.

Le soir, Jean emporta ses Dame-Jeanne, alignées dans de vieux paniers d'osier rembourrés de paille. Il les entreposa à la cave, à l'abri de la lumière, avec une lenteur presque sacrée.

Augustin l'aida, puis resta seul un moment dans la cour. Le ciel, ce soir-là, avait pris une teinte rose tendre, et l'odeur de la distillation flottait encore dans les rues : chaude, fruitée, un peu animale. Il s'assit sur une marche et écrivit longuement :

« L'eau-de-vie n'est pas un oubli. C'est une façon de faire durer. Le fruit est mangé, le noyau jeté, mais la goutte, elle, garde tout. Elle raconte le verger, le temps qu'il a fait, la main qui a cueilli. C'est le sol, l'arbre, la patience, distillés. »

« Ici, l'alcool n'est pas vice. Il est archive. »

Et plus bas, presque pour lui seul :

« Louis Ladruze dit qu'il faut que ça morde pour que ça garde. Peut-être est-ce vrai aussi pour la mémoire. »

Chapitre 13 – Légende d'automne

L'automne apportait avec lui une brume douce qui semblait effacer les contours du paysage. Le vent, léger mais persistant, secouait les arbres, les forçant à se dénuder. Les feuilles mortes, déjà rougeoyantes, traçaient des chemins invisibles dans les allées étroites du village. Les champs, vidés de leur moisson, se couchaient dans l'ombre du crépuscule. La terre semblait repliée sur elle-même, prête à se reposer.

Le soir, après les longues journées de travail, les hommes et les femmes se retrouvaient autour du feu, dans les maisons où l'odeur du bois brûlé se mêlait à celle de la soupe chaude. Les bruits du monde extérieur s'éteignaient peu à peu, et le silence n'était plus brisé que par le bruit des cuillères dans les bols ou la cloche de l'église.

Jean et Augustin avaient pris l'habitude de se retrouver au coin du feu, là où le vent, freiné par les murs épais, glissait à peine sous la porte. Jean parlait peu, mais ses mots étaient durs, comme les pierres du plateau. Augustin devinait, derrière les silences, la cadence d'un pays où le temps ne courait pas, mais s'étirait — lentement, avec cette gravité tranquille que seuls connaissent les lieux tenus par les mains et les saisons.

Ce soir-là, après un repas simple mais nourrissant, les ombres des vieilles pierres dansaient sur les murs de la petite maison. Jean se pencha légèrement en avant, l'ombre de son visage tombant sur ses mains calleuses.

— T'as jamais entendu l'histoire de l'incendie ? demanda-t-il soudainement, ses yeux brillants d'une lueur étrange. L'incendie qui a séparé les Marats ?

Augustin le regarda, surpris. Il n'avait pas encore entendu parler de cette histoire, bien que les gens du village murmurent souvent à propos du passé, souvent en des termes vagues, comme s'ils avaient oublié le sens précis des événements. Mais cette fois, il sentait que Jean ne racontait pas une simple anecdote.

— Non, dit Augustin, intéressé. Qu'est-ce qui s'est passé ?

Jean sembla plonger dans ses souvenirs, un peu à l'écart du présent. Il se recula sur sa chaise, les mains croisées sur son ventre, et ses yeux se fixèrent sur la flamme vacillante.

— C'était un temps où tout était plus neuf. Peut-être pas tant que ça, d'ailleurs. Mais on vivait ici comme les autres : la terre, les chevaux, les maisons en bois. Et puis, il y a eu la guerre. Ce n'était pas une guerre récente. Non, c'était une guerre des temps anciens, du Moyen Âge. Un temps où les seigneurs régnaient sur leurs terres, où les chevaliers menaient leurs armées dans des batailles sanglantes. Ces guerres-là, elles ont frappé notre région aussi, à leur manière. C'était avant que les murs de torchis ne soient remplacés par la pierre, avant que les toits soient faits de tuiles et non de chaume. C'était avant que Marat-la-Grande et Marat-la-Petite ne deviennent deux entités distinctes. C'était avant la séparation.

Augustin écoutait, la cuillère suspendue dans son bol. Jean parlait d'une voix qui ne semblait ni frémir ni hésiter, mais qui portait en elle une étrange autorité, comme si les mots qu'il prononçait avaient existé avant lui, avant son propre temps.

— Les chevaliers des seigneurs voisins se sont affrontés ici, reprit Jean, leurs épées et leurs flammes détruisant tout sur leur passage. Le feu… le feu a tout emporté. Tout. Les maisons, les fermes, les écuries… Rien n'a échappé. On dit que ce n'était pas un simple accident. Non. Ce feu, c'était une vengeance. C'était la guerre elle-même qui se vengeait de la paix fragile que l'on avait ici. Le feu a tout brûlé, et avec lui, un fossé s'est formé. Ce fossé ne séparait pas seulement les pierres, il séparait aussi les âmes. Les Marats n'étaient plus qu'un nom, un nom qui s'étendait sur la carte mais qui ne parlait plus de la même manière à ses habitants.

Le silence, lourd et ancien, s'installa dans la pièce. Augustin, un frisson parcourant son échine, sentit le poids de cette histoire. C'était comme si le vent, d'un seul coup, avait soufflé plus fort, comme si les murs de la maison s'étaient un peu plus resserrés autour d'eux.

— Mais pourquoi ? demanda Augustin, le regard fixé sur les flammes. Pourquoi ce feu ?

Jean haussait les épaules, et son regard se perdit dans la danse des flammes de la cheminée.

— Pourquoi ? C'est une question difficile, mon garçon. Ce n'était pas seulement une querelle entre familles, ni une simple bataille entre seigneurs. Les guerres du Moyen Âge étaient remplies de sang et de fureur, mais parfois, elles étaient aussi portées par un désir d'unité. Et ici, c'est l'ombre de cette unité qui a brûlé. Certains disent que c'était la folie des hommes. D'autres prétendent que c'était le vent du destin, soufflant sur la vallée, et que ce souffle brûlant a emporté tout sur son passage.

Jean s'arrêta un moment, l'air fatigué, comme s'il avait vu la scène sous ses yeux, comme si les braises brûlaient encore.

— Puis le vent s'est calmé. Mais il n'a pas ramené les cendres. Et les Marats, bien que séparés par cette catastrophe, sont restés unis. Oui, peut-être que ce fossé invisible a persisté, mais les gens d'ici ont toujours su se reconstruire ensemble, côte à côte, sans jamais laisser la division véritable s'installer. Même après la guerre, même après le feu.

Augustin regarda ses mains. L'histoire semblait flotter autour de lui, mais il n'en saisissait pas entièrement le sens. Les bruits de la maison, les crépitements du feu, tout semblait soudainement lointain. Il pensa soudain aux vieilles pierres qu'il avait découvertes entre Marat-la-Petite et Marat-la-Grande, en arpentant les terrains. Des vestiges enfouis sous la terre, dont l'origine restait incertaine. Ce passé, à peine visible, l'avait intrigué. Il soupçonnait à présent que ces vestiges avaient peut-être un lien avec ce fabuleux incendie…

— Et tout ça, c'est vrai ? demanda-t-il finalement, la voix basse.

Jean le regarda avec un sourire presque imperceptible.

— Qu'est-ce que c'est, la vérité ? C'est ce qu'on veut y croire, ça. Ce que le temps veut bien nous laisser. T'as vu les fondations sous le verger aux Contasses ? Personne sait vraiment d'où elles viennent. Mais elles sont là, et elles parlent. Pas tout, mais elles parlent. Les histoires, c'est pareil. Elles portent ce qu'on en fait. La vérité… Elle est parfois un peu comme le feu. Elle brûle, elle éclaire, mais elle efface aussi. Elle laisse des traces, et des ombres.

Le silence se fit à nouveau, mais d'une manière différente. Augustin se leva pour remplir une nouvelle fois son verre, le regard perdu dans la pénombre de la pièce. Il n'avait jamais été aussi incertain de ce qui était vrai et de ce qui était vécu. Qu'est-ce qui relevait de l'histoire et qu'est-ce qui relevait de la mémoire collective, des événements filtrés à travers les générations ?

Plus tard, seul dans son carnet, il nota :

« Qu'est-ce qui reste quand tout a brûlé ? La terre, les pierres. Le vent. Et les histoires. »

« Les Marats se sont séparés sous le poids du feu. Mais le feu, d'où venait-il vraiment ? »

Le doute, cette fois, s'était emparé de lui. Mais ce doute n'était pas lié à une division entre Marat-la-Grande et Marat-la-Petite. Bien au contraire, il comprenait que, malgré le feu, malgré les batailles du Moyen Âge, les habitants de ces deux villages avaient toujours su se reconstruire ensemble, nourris par la même terre, les mêmes histoires, et le même lien indéfectible.

Chapitre 14 – Le château

On ne pouvait pas la manquer. Située au cœur même de Marat-la-Grande, la ferme dite « du Château » dominait modestement le village sans jamais l'écraser. Ce n'était pas un château à proprement parler, malgré le nom que les gens du pays continuaient d'utiliser avec un mélange d'habitude et d'ironie. Plutôt une belle maison de maître paysan, aux proportions plus larges que les autres, flanquée d'un pigeonnier carré, haut et solide, comme un signe discret de réussite.

Augustin y était déjà passé plusieurs fois depuis le début de son séjour, mais ce matin-là, il avait décidé de s'y attarder, non plus comme arpenteur, mais comme lecteur de pierre. Il voulait comprendre ce que ces lieux disaient du pouvoir rural, de l'histoire inscrite dans les murs.

Dès le portail franchi, il fut happé par l'animation paisible d'une matinée de ferme. Dans la vaste cour empierrée, encore humide des rosées nocturnes, des poules grattaient près d'un tas de fumier, suivies par des canards d'un pas maladroit. Des oies, impérieuses, poussaient des cris nasillards tout en s'ébrouant. Un jeune garçon, bonnet sur la tête et sabots crottés, menait un cheval de trait vers les champs, une longe dans une main, une fourche dans l'autre. L'animal soufflait bruyamment, la vapeur montant en panaches lents. Tout autour, la vie travaillait sans hâte, mais sans pause.

À sa droite, une grange impressionnante aux portes battantes, et plus loin une étable, haute sous faîtage, d'où sortait l'odeur familière du fumier tiède et des bêtes bien nourries. Entre l'habitation et la rue, un jardin clos s'étendait derrière de hauts murs. De grands arbres y régnaient en silence — marronniers, tilleuls et un vieux noyer aux branches torses — dont les feuillages épais en été tamisaient la lumière. L'air y était plus frais, presque immobile, comme retenu sous la voûte sombre des branches.

Augustin s'arrêta un moment, prenant mesure de l'ensemble. Il y avait là une volonté d'organisation, une précision du geste rural, presque une architecture de l'effort. Il nota la disposition des ouvertures, la qualité de la maçonnerie, la déclivité soigneusement utilisée pour l'écoulement des eaux. Rien ne semblait dû au hasard. On sentait que tout avait été pensé, aménagé, amélioré par degrés.

Tout, dans l'agencement du lieu — les volumes, les matériaux, la composition des façades — portait la mémoire d'une famille noble : celle des De Jean, anciens seigneurs du domaine.

Jean, qui l'avait rejoint un peu plus tôt, fit un signe vers le pigeonnier, un édifice carré, massif, qui trônait à l'angle de la cour.

— Il date du début du XVIIIe, dit-il. C'est Olivier De Jean qui l'a fait bâtir, après son mariage avec Jeanne-Marie de Calvet, comtesse d'Apremont. À l'époque, ce n'était pas qu'un détail architectural. Avoir un pigeonnier, c'était un droit réservé à la noblesse ou aux anciens officiers royaux. Une signature de statut.

— Donc on est bien sur un ancien domaine noble, nota Augustin.

— Oui. Les De Jean sont venus de Saintonge, paraît-il. Olivier s'est installé ici vers 1724. Il a épousé la comtesse veuve d'Apremont, puis, après sa mort en 1731, il a épousé une certaine Anne Bernardin, une fille du pays, issue d'une lignée de notables locaux. Le remariage a été célébré en 1738, avec dispense d'évêque, preuve que le prestige restait un enjeu.

— Des mariages d'alliance, murmura Augustin. Même au fond des campagnes.

— Exactement. Ils ont eu une fille, Marie-Anne, puis un fils, Hyacinthe, né en 1740. Le domaine leur appartenait en propre, avec titre, terres et hommes à leur service. Les registres paroissiaux en témoignent. On y trouve les baptêmes, les décès, jusqu'aux signatures soignées des témoins. C'est une généalogie de pierre, mais aussi d'encre.

La maison d'habitation, bien conservée, révélait les ambitions sociales de ses bâtisseurs : pierre calcaire taillée, encadrements finement moulurés, toiture à double pente ornée d'épis de faîtage. Sur la façade, à peine lisible, un blason érodé semblait encore veiller, comme un œil sans paupière.

— Olivier est mort ici, en 1743, continua Jean. Il avait près de quatre-vingts ans. On l'a enterré dans l'église, juste devant l'autel de la Vierge. Et son fils, Hyacinthe, a repris le domaine. Il a épousé une demoiselle de Doncourt, Anne, issue elle aussi d'une lignée noble ou semi-noble. Leur fils, Hyacinthe François Joseph, est né en 1772.

— Juste avant la Révolution…

Jean hocha la tête.

— Oui. On ne sait pas ce qu'ils sont devenus après. Peut-être ont-ils fui, peut-être se sont-ils fondus dans le tissu local, devenant paysans ou rentiers. Mais leur nom a disparu des registres après 1790. Comme beaucoup.

Augustin prit note. Ce qu'il croyait une simple ferme paysanne était en réalité une demeure seigneuriale reconvertie, dont l'histoire traversait tout le XVIIIe siècle, jusqu'aux bouleversements de 1789. L'aristocratie terrienne n'avait pas disparu ici — elle s'était simplement adaptée, enracinée dans la terre plus encore que dans les privilèges.

Ils firent le tour. Une rigole de pierre canalisait les eaux. La grange semblait prête à affronter un autre siècle. Un pressoir centenaire reposait à l'ombre d'un vieux noyer. Rien n'était laissé au hasard. Même l'emplacement du poulailler paraissait hérité d'un usage ancien.

Dans une dépendance, une porte basse ouvrait sur une cave voûtée, à demi enterrée. À l'intérieur, l'air était plus frais. Un râtelier rouillé, quelques jarres cassées, et au mur, l'empreinte d'un ancien crucifix. Augustin eut un frisson — non de froid, mais de mémoire. Ce lieu avait vu des générations naître, vieillir et mourir, sans cesser de respirer à leur rythme.

En sortant, il s'arrêta encore devant la façade.

— Ce n'est pas seulement un patrimoine bâti, dit-il. C'est un palimpseste ! Chaque génération a inscrit sa couche. Et aujourd'hui encore, ceux qui vivent ici perpétuent un ordre ancien, même sans le savoir.

Jean sourit.

— Tu crois que les pierres se souviennent ?

— Non. Ce sont les hommes qui oublient.

Augustin nota dans son carnet :

« Ici, la noblesse ne se proclame pas, elle se transmet. Elle ne tient pas au titre, mais à la solidité d'un mur, à la justesse d'un angle. Elle ne parle pas, mais elle persiste. »

En repartant, il jeta un dernier regard vers le pigeonnier. Il n'était pas ornemental. Il était mémoire. Une preuve muette qu'un monde avait existé ici, fait de privilèges assumés, de mariages stratégiques, de terres cultivées au nom d'un rang.

Il griffonna encore, à l'encre un peu pâlie :

« Le temps n'a pas effacé les De Jean. Il les a enfouis dans la pierre. Et parfois, il suffit d'un regard pour les réveiller. »

Et dans le silence des arbres, il lui sembla entendre non des voix, mais une lignée.

Chapitre 15 – Terre d'argile

Le soleil d'octobre filtrait à travers les haies qui commençaient à perdre leurs feuilles, réchauffant à peine la campagne désormais endormie sous un ciel pâle. La terre, encore humide des dernières pluies, se préparait lentement à l'hiver. Dans ce temps de transition, où l'été se retire doucement et l'hiver s'avance, Jean proposa à Augustin de le suivre vers « l'ancienne briqueterie ». Il prononça ces mots comme on évoquerait un souvenir lointain, caché dans le pli des années.

Ils quittèrent les chemins principaux, traversèrent une haie d'aubépines, longèrent un ancien verger, et atteignirent une petite clairière, comme suspendue dans le temps. Là, à demi enfouie sous les ronces, se dressait une structure basse, construite en torchis et en bois. L'air y était plus chaud, plus lourd, chargé de poussière fine et de souvenirs. Augustin observa les lieux en silence : une petite bâtisse sans toiture, quelques outils rouillés, et surtout, des rangées de briques sèches, empilées sous un auvent affaissé.

— Voilà, dit Jean en s'appuyant sur un bâton, c'est ici qu'ils faisaient les briques crues. Pas cuites, hein. Juste de la terre, du soleil, un peu de paille... et beaucoup de patience.

Il marqua une pause, comme pour laisser le lieu parler de lui-même.

— Elles servaient surtout pour les fours à pain. Pas pour construire des maisons, non. Trop fragiles pour ça. Mais pour un four, c'est parfait. Ça isole, ça garde la chaleur, ça respire... C'est vivant, presque.

Augustin s'approcha des briques. Elles avaient une teinte ocre douce, parsemée de petits fragments de coquillages fossilisés, vestiges d'une époque lointaine où la mer recouvrait la terre. La terre argileuse, appelée « marne » dans la région, semblait porter l'empreinte d'un passé marin. Il en prit une dans ses mains : légère, friable, mais d'une forme parfaite. Il fut frappé par la rusticité du moulage, par la façon dont chaque brique semblait porter l'empreinte du geste, simple et humain, qui l'avait façonnée. Une brique sans four, sans flamme. Une brique faite de terre et de soleil, comme un fragment de paysage solidifié.

— Et elles s'exportaient ? demanda Augustin, fasciné.

— Oh que oui. On en envoyait dans tous les villages voisins. Des charrettes entières. C'était le travail des saisons creuses. Quand on ne semait pas, quand on n'arrachait pas, on pétrissait la terre. Chacun avait sa méthode, ses moules, son coin d'argile. On se transmettait ça de père en fils. Mais ça s'est perdu, petit à petit.

Jean désigna un vieux moule en bois, posé contre le mur. Il était fendu mais encore lisible, avec une inscription gravée au couteau : C.M. – 1784.

— Il appartenait à Claude Médard, dit Jean en posant la main sur le vieux moule. Claude Médard, celui-là, c'était un homme de la terre. Il mourut en août 1789, pendant la moisson. Un vrai coup du sort. La Révolution commençait à secouer tout le monde, mais lui, il n'y prêtait pas attention. Il était là, comme d'habitude, sur sa charrette, et quand une charrette voisine s'est renversée, il a voulu aider… Malheureusement, il en est mort.

Augustin traça du doigt les lettres sur le cadre, comme pour en extraire la mémoire.

— Et pourquoi on a arrêté ? demanda-t-il doucement.

— Parce qu'il fallait aller plus vite, répondit Jean. Parce que la brique cuite, plus solide, plus moderne, a tout remplacé. Parce qu'on a oublié que parfois, la fragilité peut être une qualité. Elles ne résistent pas à l'eau, c'est vrai. Mais elles ne fissurent pas avec la chaleur, elles s'adaptent. On les refait, si besoin. Et puis… c'est la terre d'ici. C'est elle qui fait la qualité. C'est elle qui donne le ton.

Augustin resta longuement silencieux. Il dessinait le plan du bâtiment, esquissait la forme des moules, notait les proportions. Mais bientôt, son carnet devint plus personnel. Il commença à tracer des lignes, à juxtaposer la forme des briques avec celle des maisons du village, à comparer les matières, à noter les correspondances.

« *Le village est comme cette brique, écrivit-il. Il ne tient pas par sa force brute, mais par sa capacité à absorber, à respirer, à endurer. Ce qui le rend vulnérable est aussi ce qui le rend vivant.* »

Il regarda Jean, penché sur un tas de vieilles briques qu'il retournait une à une, comme on cherche une pierre précieuse dans un lit de gravier.

— On pourrait en refaire ? lança Augustin.

Jean le regarda, l'air surpris, puis hocha lentement la tête.

— Oui, si la terre est encore bonne. Et si quelqu'un en a besoin.

Le vent fit bruisser les ronces qui entouraient la briqueterie. Un merle s'envola d'un trou dans le mur. Le temps semblait suspendu, mais pour la première fois depuis des semaines, Augustin sentit qu'il tenait quelque chose : une clé, une piste, une matière à relier les cartes, les voix, les gestes. Ce n'était pas une découverte au sens scientifique. C'était une rencontre.

En refermant son carnet, il nota :

« Ce n'est pas parce que quelque chose est fragile qu'il est inutile. Il suffit d'apprendre à le lire. Comme on lit un sol, un plan ou un visage. »

Chapitre 16 – La carte imcomplète

En ce début d'hiver 1833, le vent d'est, froid et mordant, balayait les plateaux, et les herbes fanées frémissaient faiblement sous son souffle, comme si la terre, fatiguée, se préparait à son long repos. Cela faisait maintenant près d'un an qu'Augustin levait, mesurait, consignait. Il était arrivé aux Marats en arpenteur rigoureux, certain de pouvoir enfermer ce monde dans les cadres bien ordonnés du cadastre. Sa besace s'était alourdie de carnets tachés, de calques froissés, de relevés griffonnés à la hâte. Chaque jour, il avait arpenté les champs, les haies, les ruisseaux ; franchi des fossés, escaladé des murs, traversé des prés embourbés au matin et craquelés le soir.

Le travail de topographie était méthodique, exigeant, patient. Il se faisait avec des instruments simples mais précis : un graphomètre pour mesurer les angles, une chaîne d'arpenteur pour les distances, un compas pour les reports, un jalon pour marquer les alignements. Augustin plantait ses piquets, visait les points fixes, calculait les écarts, les pentes, les orientations. Chaque mesure était notée, vérifiée, puis reportée sur le calepin de terrain. Il mesurait les bois, les vignes, les labours, les chemins de servitude, les bornes marquées d'une croix gravée, parfois vieille de plusieurs générations. Il notait les noms locaux : à Chapelat, la Minha, Harchamp, Mintreval, Courteval, à Joutée, la Côte le Loup, devant le Bois l'Abbé… Il cartographiait, en somme, un monde que les habitants connaissaient par habitude, mais qu'il transformait, lui, en lignes et chiffres.

Depuis des mois, chaque soir ou presque, il travaillait à la table, à la lueur d'une lampe à huile, redessinant sur papier fort le puzzle des propriétés, des cours d'eau, des limites communales. C'était un travail rigoureux, satisfaisant par moments, presque géométrique. Mais depuis quelque temps, une gêne s'insinuait. Quelque chose résistait.

Les tracés étaient nets, mais ils ne disaient rien de ce qu'il avait appris en dehors des mesures. La carte avançait, mais elle restait sourde aux nuances qu'il avait perçues avec Jean. Il se rendait compte qu'il pouvait noter ferme, grange, verger clos, sans jamais rendre la voix des pierres, l'ombre des souvenirs, l'équilibre des gestes qui avaient façonné ces lieux. La ligne d'un chemin ne disait rien des querelles autour de sa largeur. Le point d'eau n'évoquait ni les femmes venues laver à l'aube, les mains gelées, ni les enfants qui y lançaient des cailloux. Et comment rendre, sur un feuillet, la pente d'une colline où résonnait encore un chant de vendanges ? Comment faire entrer « le Rougeat » dans un tableau de surfaces cultivées ?

Il s'arrêta un matin, au bord du petit bois de Flavet, là où un ruisseau filait sous un talus moussu. Il sortit son carnet et essaya d'inscrire le lieu : orientation, altitude, débit estimé. Il y parvint. Mais au moment de refermer le cahier, il se surprit à écrire en marge :

"Ruisseau sans nom, mais connu de tous. On y lave les pieds en juillet. Un merle s'y abreuve. Une femme y a pleuré un jour, sans qu'on sache pourquoi."

Il relut la phrase, un peu honteux. Ce n'était pas de la topographie. Ce n'était pas son rôle. Et pourtant, c'était vrai. C'était juste.

À l'auberge, le soir, il étalait ses feuilles sur la table de la petite salle commune. La carte prenait forme, complète en apparence. Les parcelles étaient dessinées, numérotées, les chemins repérés, les cours d'eau cernés. Il avait même terminé le dessin des rues de Marat-la-Grande et de Marat-la-Petite et noté leurs noms, bien qu'il comprenne maintenant que tout ici formait un seul tissu, sans véritable frontière, tissé d'habitudes et de liens plus que de noms distincts.

Jean s'était approché, un soir, silencieusement. Il avait regardé longuement le plan, puis, pointant du doigt un trait entre deux propriétés, avait dit simplement :

— Là, c'est bien le fossé. Mais tu ne vois pas, sur ton papier, que ces deux familles ne se parlent plus depuis qu'un pommier a été abattu, juste là. Et ce champ-là, il est plat, c'est vrai. Mais quand le vent d'est s'y lève, même les corbeaux s'en vont.

Augustin n'avait rien répondu. Il savait.

La carte était fidèle. Elle disait le sol, les distances, les limites. Mais elle ne disait pas les mémoires, les usages, les attachements. Elle était muette sur ce que Jean appelait « la vraie mesure », celle qui ne tient ni dans une chaîne d'arpenteur ni dans un angle au compas.

Il s'allongea un soir dans sa chambre qui lui servait d'atelier. La lune éclairait faiblement les poutres noircies. Il regardait le plafond et pensait aux gens des Marats. À leurs voix, à leurs gestes, à la manière dont ils se déplaçaient sur cette terre comme s'ils en connaissaient la respiration. Et lui, Augustin, l'arpenteur, savait désormais qu'il pouvait relever chaque pente, mais qu'il ne saisirait jamais ce qu'un vieux laboureur savait d'un simple coup d'œil, sans mot, sans chiffre.

Il murmura pour lui-même, presque comme une prière :

— Ma carte est complète. Mais elle est incomplète.

Il le savait désormais : il ne pouvait plus dessiner sans écouter. Il ne pouvait plus mesurer sans comprendre. Et cette transformation silencieuse, patiente, faisait de lui un autre homme.

Chapitre 17 – Les distances d'âmes

24 décembre 1833. Veillée de Noël.

Le gel avait blanchi les talus. Sur les vitres de l'auberge, le givre dessinait des ramures minuscules, comme autant de chemins oubliés. Ce soir-là, à l'approche de la nuit la plus longue, le curé Édouard Pâquet avait donné rendez-vous à Augustin. Pas pour une confession ni un office, mais pour une visite en silence. L'église restait ouverte, éclairée de quelques cierges, dans l'attente de la messe de minuit.

Ils entrèrent par le petit portail nord, celui qui regarde le cœur du village. La porte, basse, surmontée de son tympan triangulaire du XVIe siècle, portait encore les marques du temps. Trois niches en conques, vidées pendant la Révolution, avaient retrouvées leur sens. Le Christ bénissant y avait été replacé bien plus tard, flanqué de saint Pierre et de saint Paul, à l'initiative du curé, avec l'aide des familles du village. Une manière de refermer doucement les plaies.

— Vous avez mesuré les terres, dit le prêtre en poussant doucement la porte. Venez maintenant voir ce que les morts disent des vivants.

L'église se révéla lentement, dans l'ombre et les lueurs. Trois nefs sans transept, voûtées avec une régularité austère. Le chœur, orienté à l'est, déployait ses nervures gothiques sous une lumière adoucie. Les clefs de voûte fleuries semblaient suspendues au-dessus d'un monde figé. Rien ne brillait. Tout tenait debout.

Ils avancèrent à pas lents. Augustin suivait l'homme d'Église comme on suit un guide dans un verger en hiver, où tout semble endormi, mais où l'essentiel repose sous la terre.

— C'est une église de patience, souffla le curé. Rebâtie après l'incendie du XVIe. Consacrée une première fois en 1223. Puis en 1554, après le passage des Protestants. La tour du clocher qui est de 1822 abrite les cloches qui avaient été refondues en 1733 par le sieur Allyot, fondeur à Ligny. Et depuis, elle tient. Par les pierres… et par les noms.

Pas un son, hormis le craquement discret de leurs pas sur les dalles. L'église ne montrait rien d'ostentatoire, mais tout y parlait de patience : les piliers lisses, les ogives sobres, les nervures du chœur comme un feuillage figé dans la pierre.

— Cette nuit, dit doucement l'abbé, c'est celle où les hommes espèrent. Et chaque année, l'église se tait un peu plus fort, pour mieux entendre.

Ils passèrent devant l'autel de Saint Médard, plus ancien encore que la plupart des murs. Puis celui de la Vierge Marie, dont la niche flamboyante du XVe siècle portait l'usure douce des siècles. Loin de tout faste, chaque détail parlait d'endurance.

— Voici l'autel de Saint Médard, souffla le curé. Il était déjà là quand nos arrière-grands-pères n'étaient encore que des enfants. Et la Vierge, là, regarde bien… son visage est usé, mais elle veille encore !

Ils firent le tour du chœur. Dans le mur, une piscine liturgique représentant le Père Éternel bénissant le globe.

— Des siècles qu'on y lave les doigts, dit le père Pâquet. Et chaque Noël, le monde revient à son commencement. C'est l'hiver, mais c'est une naissance qu'on attend.

Dans la nef centrale, Augustin leva les yeux vers la voûte. La pierre dessinait des branches gelées, un arbre figé dans la nuit.

— Ici, dit doucement le prêtre, les vivants passent. Mais les morts veillent.

Il s'arrêta devant une dalle encastrée dans un pilier. Augustin y lut : Demenge Mengeot, 1615.

— Un de mes prédécesseurs. Il est mort juste avant la peste, dit Pâquet. Il n'a pas vu les flammes. Ni la reconstruction. Ni le silence d'après.

Ils contournèrent le pilier. Une autre épitaphe se dessinait dans le mur : Cy gist François Poupart, décédé dans sa 39e année, 1760. Trois jours de l'octave des Morts fondés dans cette église… Plus bas, une tête de mort et des tibias croisés, avec l'inscription : Tel que je suis, ainsi vous serez. Regardez-moi si vous voulez.

— Voilà ce qui tient un village, murmura Pâquet. Pas les lois. Pas les plans. Mais ça.

Il s'arrêta, joignit les mains, et récita à voix basse une litanie. Pas des psaumes. Des noms.

— Purson, Berthaux, Rouyer, Brissot… Hébert, Poupart, Mansuy, Feuillet… Noël, Buvelot, Raulin,

Charuel… Cuny, Renaux, Bourgeois, Gabriel, Fontaine… Ils ont porté le bois, chanté les vêpres, tremblé sous la neige, ri sous les cerisiers. Ils sont là encore. Pas dans les tombes, mais dans les murs.

— Certains n'ont plus de descendants, dit-il. Mais leurs actes sont là. Leurs naissances, leurs moissons, leurs maladies, leurs morts. La mémoire d'un village ne s'écrit pas à l'encre seule. Elle se grave.

Au-dessus de la porte ouest, une sculpture blanchie par le badigeon, à demi effacée, représentait la vision de Saint Hubert : un cerf, entre les arbres, fixant l'homme à genoux.

— Ce n'est pas un décor, dit le prêtre. C'est un passage.

Ils s'arrêtèrent enfin devant la grande toile représentant Saint Médard couronnant une rosière. La lumière tremblotante des cierges faisait doucement vibrer les couleurs éteintes.

— Ce tableau sera descendu demain. La rosière, c'est la mémoire douce. La fidélité. Ce que les hommes n'osent plus dire à voix haute.

Un long silence suivit. L'église semblait écouter.

Augustin murmura :

— Ici aussi, les distances sont mesurées. Mais ce sont des distances d'âme.

Pâquet sourit, les mains croisées dans le dos.

— Vous commencez à lire autrement, monsieur le géomètre. C'est bon signe. À Noël, on ne finit rien. On commence. Même les plus vieux.

Le curé hocha la tête, doucement.

— Et à Noël, les distances des âmes se rapprochent un peu. Juste assez pour qu'on se souvienne qu'on n'est pas seuls.

Dehors, le froid descendait sur le plateau. Mais à l'intérieur, l'église respirait. Non comme un monument, mais comme un livre de pierre, encore ouvert, qu'on ne lit pas, mais qu'on écoute.

Et Augustin comprit que ce qu'il traçait depuis des mois n'était qu'un début. Que la carte réelle d'un lieu, c'est celle qu'on sent sous les pas, dans le silence, à la veille des recommencements.

Chapitre 18 – Le dernier hiver

En ce mois de janvier, il ne restait plus rien des lumières de Noël. Le froid, sec et tranchant, avait gagné la vallée sans détour, sans répit. Le vent soufflait en longues rafales aigres, raclant les toits des Marats, qui grinçaient sous la morsure du gel. Chaque nuit semblait plus longue que la précédente.

Les fumées des cheminées montaient plus haut, plus denses, comme si les maisons elles-mêmes cherchaient à repousser l'air glacé. La terre, dure comme du fer, ne répondait plus aux pas. On ne marchait plus : on glissait, on contournait. Même les corneilles, d'habitude indifférentes, volaient plus bas, traçant des cercles lents au-dessus des champs figés.

Puis les premiers mots commencèrent à circuler. Ils ne prenaient pas encore la forme d'un cri, mais d'un murmure inquiet, porté de bouche à oreille, du lavoir aux abreuvoirs, de l'auberge aux bancs de l'église. On parlait de maux de ventre fulgurants, de visages bleuis, d'une eau qui rendait fou ou tuait d'un coup. Les anciens, les plus prudents, disaient simplement « colique bleue » ou « le mal du ventre ». D'autres, plus directs, parlaient de l'eau empoisonnée, de la source malade.

Les rumeurs s'épaississaient comme une brume sur les chemins. Les gens se taisaient plus tôt le soir. On n'envoyait plus les enfants puiser seuls. Les regards se faisaient plus fuyants, plus durs aussi.

Et puis, un dimanche glacé, dans l'église presque vide, où seules quelques âmes transies s'étaient rassemblées, le mot fut prononcé à voix haute pour la première fois. Pas dans le sermon, mais dans un murmure sec, entre deux bancs, comme un coup porté au silence :

— Le choléra.

Alors les regards se tournèrent, les dos se raidirent, et l'hiver, déjà rude, sembla plus noir encore.

Un malaise sourd s'empara des deux Marats. La frontière, jusqu'ici presque invisible entre Marat-la-Grande et Marat-la-Petite, se fit ligne de repli. Les familles rentrèrent chez elles comme dans une forteresse. Les poignées de porte furent évitées, les visites interrompues. Le silence gagna les ruelles, les champs, les étables. On entendait les cloches, parfois, mais plus personne pour les commenter.

Jean, pourtant, ne ralentit pas. Il n'était pas homme de retraite ni de prudence. Tous les jours, il se levait avant l'aube, enfilait son vieux paletot usé, et traversait sa cour à pas fermes pour rejoindre l'étable. Là, il nourrissait les bêtes, vérifiait les litières, parlait bas aux vaches comme à de vieilles parentes. Il les touchait avec soin, la main lourde et chaude, attentive. Il avait grandi avec elles. Il en connaissait les souffles, les yeux, les silences. Il les veillait mieux que lui-même.

— Il faut que ça tienne, disait-il à Augustin. Si les bêtes tombent, tout s'effondre.

Augustin, resté plus souvent à l'intérieur, voyait dans cette constance une forme de foi sans parole. Il observait l'homme à la peau burinée, les gestes sûrs, le regard clair même dans la fatigue. Jean n'était ni bavard ni démonstratif. Mais dans sa manière de prendre le grain dans les sacs de toiles, de refermer une porte, de verser l'eau chaude dans les abreuvoirs gelés, Augustin lisait une vérité que son compas ne mesurait pas.

Et puis, un matin de janvier, Jean ne sortit pas.

Augustin, surpris, entra dans la cuisine. Le feu était éteint, et la chambre glaciale. Il le trouva recroquevillé sur lui-même, le souffle court, les yeux rouges, la peau moite. Il crut d'abord à un simple coup de froid. Mais Jean tremblait, la bouche sèche, la chemise trempée.

— C'est rien, grogna-t-il. Juste une fatigue. Y'a du foin à distribuer… Les bêtes attendent.

Mais ce matin-là, Augustin ne le laissa pas se lever. Il l'aida à se rallonger, alla nourrir le bétail lui-même. Il fit de l'étable sa première leçon de fidélité, et de la chambre de Jean sa seconde.

Le cadastre attendrait.

Il installa une bassine d'eau tiède, coupa des linges, fit du bouillon clair. Il veillait la nuit, notait les heures, les chaleurs, les accès de délire. Il écoutait les mots que Jean laissait échapper, par fragments. Ce n'étaient pas des prières, mais des noms. Des lieux. Des souvenirs.

— Le pré des Marves… La vieille vache rousse de 1812… C'était un hiver rude, mais elle avait vêlé sans bruit…

— Les Mansuy m'avaient prêté leur herse… et le petit Maucollot, celui qui chantait faux, il aidait à porter les seaux…

Augustin recopiait tout. Non par raison, mais par instinct. Il ne savait plus s'il écrivait l'histoire d'un homme ou celle d'un lieu.

La neige tomba à gros flocons. Elle couvrit les toits, puis les chemins, puis l'étable elle-même. On n'entendait plus rien dehors. Même le monde semblait suspendu.

Le choléra, lui, se retirait, vite, comme une bête repue, mais laissait derrière lui bon nombre de volets clos et de prés sans empreinte.

Jean, lui, s'éteignait doucement.

Une nuit, il rouvrit les yeux. Il semblait clair. Il chercha la main d'Augustin, la trouva.

— Tu as bien travaillé… mais ce que tu fais là, c'est mieux encore.

— Je ne suis qu'un arpenteur, murmura Augustin.

— Tu es un témoin. C'est plus fort. Ce n'est pas la terre qu'on possède… c'est elle qui nous garde. Retiens ça : les gestes restent. Même quand les hommes s'effacent.

Il ferma les yeux. Il ne parla plus.

Trois jours plus tard, Jean mourut. Dans la maison froide, sans plainte, sans bruit. Augustin s'en rendit compte au silence trop calme. Il ne pleura pas. Il resta longtemps assis, sa main dans celle de Jean, et la neige tapant doucement à la vitre.

Il fit ce qu'il fallait. Prépara le corps. Informa la mairie, les voisins. Les cloches sonnèrent. Quelques silhouettes vinrent, tête basse, bottes dans la neige. Il n'y eut pas de grand discours. Juste une pelle, un trou, un silence.

Le soir même, Augustin rouvrit le carton de ses plans. Il regarda la carte inachevée. Il traça, sans réfléchir, une ligne sur un flanc de colline. Puis, à côté, il écrivit :

« Ici, Jean passait chaque matin. Il n'a rien mesuré. Mais il a veillé. »

Et il sut. Le cadastre serait terminé, oui. Mais il ne serait plus jamais une simple carte. Il porterait des traces, des noms, des gestes. Des présences.

Il alluma la lampe, redressa son dos, et reprit sa plume.

Chapitre 19 – Entre les lignes

Ce fut en rangeant l'armoire, plusieurs jours après l'enterrement, qu'Augustin mit la main sur le carnet. Il était là, coincé entre une chemise de laine râpée et un paquet de vieux reçus ficelés par un brin de corde. Un carnet minuscule, à la couverture brune adoucie par l'usage, aux coins arrondis.

Il le reconnut tout de suite. Jean l'avait toujours eu dans une poche ou posé sur le coin d'une table. Augustin l'avait vu griffonner dedans sans jamais y prêter vraiment attention — un trait de crayon au détour d'un mot, une rature vite effacée du pouce. Il croyait que c'était pour compter les sacs de grain, les surfaces de cultures ou encore la naissance des veaux.

Mais non. Ce carnet-là n'était pas pour gérer. Il était pour se souvenir.

Il l'ouvrit. La première page, d'une écriture lente et penchée :

« *Pour ne pas perdre les petits noms du pays.* »

S'ensuivaient des listes. De mots. De lieux. De choses vues, entendues, devinées. Des phrases simples, qui avaient la force d'un vieux poème :

La fontaine du Brut – gelée jusqu'à Pâques en 1819.

Le noyer tordu du champ de Damelor – foudroyé l'an de la grande chaleur.

Entre le Champ Lévrier et le Bois de Fays – le chien s'est égaré, il a retrouvé seul la grange au matin.

Mme Gabriel, veuve, donnait du lait en trop aux enfants du Grand Chemin.

À la Toussaint 1829, la corneille a parlé : signe de neige.

Et des prénoms, par dizaines. Parfois sans explication. Parfois accompagnés d'un mot :

Henriette – rire d'enfant dans les foins.

Pierre – coupé du monde, mais jamais du vent.

Catherine – faisait sécher les tisanes au grenier.

Petit Jules – disparu dans l'eau, repêché sans vie près de la barrière du Jardin Bon Bois.

Il y avait aussi des notes sur ses bêtes :

La Pie-Rousse – ne se laisse traire que du côté gauche. Lui parler doucement sinon elle retient son lait.

Balthazar (le chien) – gronde quand il sent venir la pluie.

Acadie (la chèvre) – passe les clôtures basses, mais revient d'elle-même au coucher du soleil. Refuse l'avoine.

Le vieux coq noir – monte sur le tas de bois à l'aube, même en plein hiver. Ne s'entend pas avec les jeunes.

La jument – tremble au bruit du tonnerre, mais ne bouge pas en terrain glissant.

Lapin gris – gratte toujours au même coin de la cage. Méfiant.

Les deux oies – veillent comme des chiens. Agressives avec les inconnus, surtout vers le soir.

Des repères dans le paysage, tracés avec les mots les plus précis :

Champ de la Louvière – les mûres piquent la langue, comme la mémoire.

Augustin lut longtemps, penché, ému, comme si Jean lui parlait encore à voix basse. Ce n'était pas un journal, pas vraiment. Ni un carnet de travail. C'était un garde-mémoire, un testament paysan, un fil tendu entre les choses qu'on voit et celles qu'on oublie trop vite.

Ce que Jean n'avait pas dit, il l'avait écrit.

Pas pour être lu.

Mais pour que cela reste.

À la dernière page, il y avait un seul mot. Écrit plus grand. Tracé plus lentement :

« Transmettre. »

Augustin referma le carnet. Il resta longtemps silencieux. Puis il alla chercher sa carte. Il y ajouta un point — un seul. Là où se croisent les chemins à la Vaux Saint Martin. Il nota simplement :

« Ici, Jean avait vu une corneille parler. »

Il sourit doucement.

Désormais, chaque lieu aurait une voix.

Il comprit alors qu'il ne dessinerait plus jamais seulement des limites. Il tracerait des mémoires.

Et dans les blancs entre les lignes, dans les silences de la carte, il y aurait Jean, et tous ceux qu'on ne mesure pas mais qu'on se rappelle.

Chapitre 20 – Le rapport

Le vent de mars s'était calmé, mais l'air restait tranchant lorsque Augustin descendit enfin à Paris. Il portait son rouleau de plans sous le bras, son sac plus léger qu'à l'aller. Tout avait été refermé aux Marats : la chambre close, la table à dessin vidée, les carnets de Jean classés dans le tiroir du bas. Avant de le refermer, il y avait glissé une feuille datée, d'une écriture droite :

« Travail partagé. Relevés croisés. L'un mesurait la pente, l'autre savait ce qu'elle portait. »

En cette année 1834, la capitale ne portait plus les fastes de l'Empire, mais ses bureaux, eux, en gardaient la rigueur. À la Direction du Cadastre, sise dans un hôtel particulier réquisitionné sous Napoléon, tout semblait encore calibré au millimètre. Hauts plafonds, parquets cirés, volets mi-clos. Les murs étaient tendus de vert empire, les bureaux recouverts de cuir noir, les encriers enchâssés dans le bois. Un silence mathématique, rythmé par le frottement régulier des plumes métalliques sur le papier vergé.

Augustin fut introduit dans le bureau du président de section. L'homme était sec, vêtu d'une redingote anthracite, pince-nez rivé au nez, cheveux aplatis au tonique. Il désigna la chaise sans lever les yeux de son registre.

On s'attendait à ce que tout soit conforme. Le formulaire du ministère de l'Intérieur prévoyait :

– Plan cadastral en trois exemplaires, dressé à l'échelle d'un deux-millième ;

– Tableau d'assemblage, avec mention des communes limitrophes ;

– Livre des parcelles, numérotées, décrites, identifiées ;

– Procès-verbal des délimitations, signé du maire, de deux témoins assermentés et, le cas échéant, du garde-champêtre ;

– Et enfin, le rapport de mission.

Augustin tendit le dossier. Le président feuilleta, professionnel. Les premières pages étaient irréprochables. Lignes nettes, cotes précises, mentions en règles. Le tout établi à la plume fine, sans surcharge, selon les préconisations de 1810 toujours en vigueur.

Mais bientôt, il ralentit. Fronça les sourcils. Une page. Une marge. Puis plusieurs.

Il s'arrêta sur des notations manuscrites, à l'encre brune, non prévues par la législation.

— « Ruisseau de Caulaine – on y fait boire les bœufs, jamais les chevaux. »

— « Le Beauregard – sentier effacé, mais foulé chaque septembre par les enfants à noisettes. »

— « Ancienne vigne des Brissot – visitée chaque Toussaint. »

— « La Courbe Raie – terre pauvre, mais où l'on marche parfois la nuit, sans raison visible. »

Il leva les yeux, sans expression.

— Monsieur Mourot. Ces annotations… ne figurent pas dans les instructions.

Augustin ne cilla pas.

— Non, monsieur. Ce sont des observations de terrain.

Le fonctionnaire referma lentement le registre. Il garda le silence un moment. Puis, d'un ton modéré mais ferme :

— Vous comprenez que le cadastre n'est pas une chronique locale. Il s'agit d'un outil fiscal, foncier, cartographique. Ce que vous introduisez ici ne relève ni de la technique, ni de l'administration.

Il tourna une autre page. S'arrêta sur un croquis en coin : un chemin signalé comme « visible uniquement après les premières gelées, lorsque les ronces retombent ».

Il posa sa main sur le dossier.

— Ce n'est pas illégal, mais c'est… irrégulier. Et inutilement subjectif.

Augustin hocha la tête.

— Peut-être. Mais sur le terrain, ces détails sont les seuls à ne pas mentir. Ce que j'ai recueilli ne figurera dans aucun registre, et pourtant là-bas tout le monde le sait. Les lieux ont une mémoire plus longue que les papiers.

Le président tapota la couverture du dossier, pensif.

— Vous êtes poète, monsieur Mourot.

— Non. Je suis arpenteur. Mais je refuse d'être aveugle.

Il n'y eut pas d'éclat. Le dossier fut transmis à la commission de vérification. On exigea quelques corrections formelles, mais on ne censura rien. Quelques semaines plus tard, Augustin reçut une lettre sèche :

« Rapport reçu. Plans conformes. Observations personnelles classées annexes non exploitables. Dossier clos. »

Mais l'affaire ne s'arrêta pas là. Un exemplaire circula discrètement à l'École des ponts. Un autre fut lu lors d'une réunion interne du Conseil général des ponts et chaussées. On y parla d'« indicateurs qualitatifs ruraux ». Le terme « cartographie sensible » fut prononcé, brièvement, avant d'être rayé du procès-verbal.

Dans les mois qui suivirent, une nouvelle case apparut dans certains formulaires d'enquête : « Remarques de terrain (non cadastrales) ». Elle n'était pas obligatoire.

Elle ne figurait sur aucune circulaire. Mais elle ouvrait un espace.

Augustin, lui, ne reprit pas la route tout de suite. Il s'installa quelque temps dans un petit logement d'ouvrier, au fond du faubourg Saint-Antoine. Chaque matin, il marchait jusqu'à la bibliothèque Sainte-Geneviève. Il lisait des traités anciens sur les levées de plans, les cartes de Cassini, les relevés militaires. Puis, chaque soir, il écrivait. Des pages simples. Des phrases sèches.

Il n'intitula pas son cahier. Il le rangea dans une enveloppe , sur laquelle il écrivit, au crayon :

« Marats – pour mémoire. »

Puis il demanda une affectation dans une autre région. Et lorsqu'on lui proposa la plaine de la Dombes ou les monts du Forez, il répondit simplement :

— Là où les chemins n'ont pas encore de nom.

FIN

À ceux qui nomment les choses pour ne pas les oublier.

À ceux qui marchent les chemins, non pour mesurer, mais pour comprendre.

*Et à tous les Jean, silencieux et tenaces,
qui savent que la vérité d'une terre ne se lit pas sur les cartes, mais
dans le silence entre deux saisons.*

À mes ancêtres et à mon village bien-aimé.

Édition : BoD · Books on Demand, 31 avenue Saint-Rémy, 57600 Forbach, bod@bod.fr
Impression : Libri Plureos GmbH, Friedensallee 273, 22763 Hamburg (Allemagne)

ISBN : 978-2-3226-3476-7
Dépôt légal : juin 2025